人生的智慧：顺乎自然，热爱生活

汤一介

Tang Yijie

著

图书在版编目（CIP）数据

人生的智慧：顺乎自然，热爱生活 / 汤一介著. -- 北京：北京时代华文书局，2023.8
ISBN 978-7-5699-5002-1

Ⅰ.①人… Ⅱ.①汤… Ⅲ.①散文集－中国－当代 Ⅳ.①I267

中国国家版本馆CIP数据核字(2023)第133056号

Rensheng de Zhihui, Shun hu Ziran, Reai Shenghuo

出 版 人：陈　涛
选题策划：张　锦　陈丽杰
责任编辑：陈丽杰
执行编辑：石　雯
责任校对：薛　治
营销编辑：俞嘉慧　赵莲溪
封面设计：许天琪
内文设计：段文辉
责任印制：訾　敬

出版发行：北京时代华文书局 http://www.bjsdsj.com.cn
　　　　　北京市东城区安定门外大街138号皇城国际大厦A座8层
　　　　　邮编：100011　电话：010-64263661　64261528

印　　刷：三河市嘉科万达彩色印刷有限公司
开　　本：880 mm×1230 mm　1/32　　成品尺寸：130 mm×185 mm
印　　张：9　　　　　　　　　　　　字　　数：162千字
版　　次：2023年12月第1版　　　　　印　　次：2023年12月第1次印刷
定　　价：59.00元

版权所有，侵权必究
本书如有印刷、装订等质量问题，本社负责调换，电话：010-64267955。

汤一介先生常说：人应该学会"在自由与不自由之间"生活，"在非有非无之间"找寻"自我"，照我看就是庄子的"顺自然"。他一生谨守祖训"事不避难、义不逃责"，精研中国传统文化，早岁究心佛道及魏晋玄学，后归本儒学。晚年参与创办中国文化书院、主持编纂卷帙浩繁的《儒藏》，厥功至伟。

我个人在时运好转时不曾狂傲膨胀，跌落低谷时从不自暴自弃。我知道存在荒谬，却不靠近虚无。我希望一直勇敢、浪漫、自然和自信，葆有开放、批评但也包容、非排他性的心态。

愿我们人类能在宇宙的无限丰富性和多样性即万物中，努力追求永恒与和谐，也能实现自我的价值：生命应该燃烧起火焰，而不只是冒烟！

乐黛云

2023年5月11日于北大

诗序

人优越地盼望

金丝燕

乌儿 你教我去爱想象的形和容量
以你奇异的脱链的
影子似乎在光的梦里飞旋
我爱这空气世界的显相
空无比肯定的概念话语更雄辩

人优越地盼望
进化为知界的囚犯
挖掘稀土 在空气里
为了提炼不同的味道

太阳升起自然
没有冥想
"希望是暴力的"
诗感觉着似乎的微妙

和隐去的独一

你避开历史 诗
但爱着
之一从来不是你的天性
因为你只是全部

黑暗尽处
借着这至微的火星
你的笑给光的诞生立桩
在依顺独特视角的地方
不可见的暴烈的影子化向柔和
被极端的性情
从生存之相的盈足中抽象

推荐序

儒雅质朴，浪漫天真

戴锦华

为两位我最敬爱的尊师乐黛云、汤一介先生的作品集作序，于我，饱含着僭越的惶恐与隐秘、丰盈的欣悦。如同有机会在一份自昨日发往未来之厚礼的包装纸上悄悄地印上一枚模糊的指纹。

两位先生的作品集是他们闲来偶为的夫子自道，是他们大波大澜的生命故事的余波或涟漪，是他们的"出处"与片段印痕。从容怡然、云淡风轻的文字之间与深处，是大时代雨急风骤的世纪回响。在汤先生那里，娓娓铺陈的，是几代人的文脉相继、书香凝敛，是时代的追随，也是价值的坚守；在乐老师那里，是迎向暴风雨的豪情、张扬与背负、承担。正像这对传奇伴侣的故事，风雨同舟，错落成影。

四十年前，他们并肩未名湖畔的背影，令我做出了终老学院的毕生之选。

最初与两位尊师相遇之际，是二十世纪七八十年代之交那些浓烈而急促的时日。那时，乐老师作为一位"归来者"，携带着某种近乎神圣的传奇光晕。在彼时彼地年轻人的眼中，这些历经了二十三年蹉跎、放逐，再度绽放活力的先行者，正是勇气、悲情与智慧的所在。不久，乐老师真真切切地以一己之力开创中国比较文学学科之际，在彼时我们的心中更冉冉如一颗明亮巨星，猎猎如一面醒目的旗帜。相较乐老师的领袖式炫目，在那时我幼稚浅薄的眼中，汤先生"只是"一位儒雅质朴的学者。尽管我大学时代的大胆妄为之一，便是公共课的报到点名之后，将书包沿排水管滑向草坪，然后溜出教室，混入哲学系汤老师的课堂。溜出与混入，事实上都顶着满屋同学不满乃至嫌弃的目光。于彼时千真万确地陷于社恐的我说来，无异梦魇。但整个学期，我不曾"缺课"于汤老师的道教研究的课堂，因为其中的魅力于我，如铁屑遇磁石。彼时，我一腔热血地仰望着乐老师，渴望成为一名军中马前卒，只是以为乐老师平复了西蒙娜·波伏娃的怨念：汤老师的社会身份似乎的确是"乐黛云的伴侣"。我甚至以为，乐老师日常频繁出访欧美各国的学术旅行中，汤老师是"随行家属"，而非事实上的"同量级嘉宾"。彼时尚不知：在中国比较文学披荆斩棘、落地生根的突破之畔，是汤老师主导的中国文化书院的支撑和共进；乐老师决意跨学科，创立中国自己的"缅因河畔法兰克福学派"的宏大构想，有汤老师学识、见地、胆略的共识和加成。彼时尚不知，曾经那些风雨如磐的日子里，汤老师自乐老师手中接过几个月大的孩子，送妻子踏上"农村改造"之途时付出了怎样的深情、勇气和牺牲，不知汤老师写给身为右派分子的妻子的信笺，抬头以"同志"二字开头向乐老师传递了多少跃然纸上、又无法付诸言表的爱与守候。

及至我年逾而立，终于成了乐老师麾下一名小卒，不时"蹲守"乐老师书房受训、倾谈或待命，汤老师多在自己的书房里办公，也不时隔墙介入我们的谈话和争论。那时，我才渐渐知晓：乐老师是帆，汤老师是锚。时不时，乐老师冲动、激愤的言辞，会续上隔壁汤老师一句带笑意的批评，偶尔，我们（有时是我）的激进议论会意外地赢得汤老师墙外的加盟背书。那时，我才近切地体会着他们生命的共振和同幅的脉动，才理解了乐老师那源源不绝的活力、创意，毫不吝啬的善意与意趣，得自怎样的思想与情感的富足的输入，来自怎样的爱、欣赏和包容。这也是这套丛书中的一本：两位先生给年轻人的珍贵的国文课。那是他们对时代、对中国、对文化，尤其是对年轻人与后来者的厚重而深切的爱意，是他们共同生命淌出的一线细流。

祈望这套精美的丛书：两位先生的细语与自道、两位先生对晚辈后生的指点，能成为一个指向标，引领我们初窥大时代之子/之女在暴风雨中诞生、在暴风雨中搏击、在暴风雨后云淡风轻的心灵风景,引领我们自此进入他们博大的思想与学术的世界,引领我们去叩访一个渐行渐远、却奠基、缔造了我们的当下、此时的历史时段。

目录

辑一
我家与北大

读祖父雨三公文 002
我的父亲汤用彤 010
记我的母亲 019
到云南与父亲团聚 024
我的中学时代 036
北大四院的生活 042
我们家的儒道互补 048

辑二

读书与安身立命

人生要有大爱　054

念天地之悠悠　057

为自己找个安身立命处　061

涵养须用敬，进学在致知　065

生活在非有非无之间　068

自由的层次　072

中国知识分子的特点　077

寻找溪水的源头　081

生与死　086

辑三

学问与致知

"文化热"与"国学热"　134

"会东西之学，成一家之言"　142

"观乎人文，以化成天下"　147

"自由为体，民主为用"　154

小议"以德治国"　157

孔子儒家思想　160

对中国传统哲学的哲学思考　180

禅师话禅宗　206

辑四

平生师友

"真人"废名　216

悼念贺麟伯父　222

读钱穆先生文　226

悼念周一良先生　235

怀念张岱年先生　240

对费孝通先生"文化自觉"的理解　253

冯友兰先生《新原人》的"四种境界说"　264

附录一　269

附录二　271

辑一

我家与北大

读祖父雨三公文

我的祖父汤霖,字崇道,号雨三。据《汤氏宗谱·仕宦志》记载:"霖,字雨三,庚寅(1890)进士,甘肃即用知县,历任渭源、碾伯、宁朔、平番等知县,加同知衔,历序丁酉(1897)、壬寅(1902)、癸卯(1903)等科甘肃乡试同考官。"又据刘尊贤《清末甘肃省优级师范学堂》(刊于《甘肃文史资料选辑》第十七辑)中记载:"甘肃省优级师范学堂设立于光绪三十二年(1906)三月……监督为湖北人陈曾佑(翰林出身,时任甘肃提学使),教务长为甘肃人张林焱(翰林出身,曾官任翰林院检讨),庶务长为湖北人汤霖(进士)和山东人郁华(举人)。"

我祖父在我出生前十三年就去世了,我没看到过他的画像或照片。关于他的简单经历,在前面已经写了，归纳起来可说者：一是他以进士而出任过几任县官和乡试同考官；二是他晚年以授徒为业，教出不少学生。据父亲说，祖父喜汉《易》，但我没有找到他写的有关汉《易》的片言只字，不过在《汤氏宗谱》中收录了他的诗五首，文五篇，联语一。其中还有他的学生赞老师的诗两首。祖父的诗文大多是为应酬写的，但其中有一篇是为学生们祝贺他六十岁生日而画的一幅《颐园老人生日讌游图》写的《自序》，约五百字。它可以说是祖父留下的一篇最有价值之短文，它不仅表现了祖父为人为学之要旨，而且可以看出他对时局变迁的态度，现录全文于下：

右图为门人固原吴本钧所绘。盖余生于道光庚戌年，至今年辛亥，岁星之周，复逾一岁。门人之宦京者、怂（从）儿辈，将于余生日置酒为寿，余力尼之。陈生时隽谓余："先生恒言京师脆觥不可居，行将归隐，嗣后安能如长安辐辏，尝集处耶？京西旧三贝子花园，今改农事试验场，于先生生日为长日之游，渊世俗繁缛之仪文，留师友追陪之嘉话，不亦可乎？"余无以却之，乃于六月十三日为游园会。游既毕，吴生追作此图。

余维人生世间，如白驹过隙，寿之修短，复何足言！但受中生而为人，又首四民而为士，有所责不可逃也，有所事不可废也。余自念六十年来，始则困于举业，终乃劳于吏事，盖自胜衣以后，迄无一息之安，诸生倡为斯游，将以娱乐我乎？余又内惭，穷年仡仡，学不足以成名，宦不足以立业，虽逾中寿，宁足欣乎？虽然，事不避难，义不逃责，素位而行，随适而安，固吾人立身行己之大要也。时势迁流，今后变幻不可测，要当静以应之，徐以俟之，毋戚戚于功名，毋孜孜于逸乐。然则兹游也，固可收旧学商量之益，兼留为他日请念之券。抑余身离国都前，所愿诏示诸生者，盖尽于此。

是役同游者：固原吴本钧，印江陈时隽，南昌黄云冕，德化徐安石，湖口刘太梅，乐安秦锡铭，蕲州童德禧，黟县舒孝先、舒龙章，同里邢骐、石山倜，外甥赵一鹤，婿项彦端，及儿子用彬、用彤，外孙邢文源、又源，孙一清、孙女一贞等，都二十余人。

宣统三年六月廿五日颐园老人汤霖记

这篇《自序》是写在祖父将离京回乡之宣统三年六月，即是十月十日武昌起义之年，次年民国建立，清廷倾覆，正如祖父所预测"时势迁流，今后变幻不可测"之时也。他在《与连方伯书》中说:"京师尘俗,时局奇变,抉伍胥之目,不可以五稔,化苌弘之血,奚待于三祀。投老穷居,不与人事,宁可自投浊流乎!"这说明祖父已看到局势将起大变化,而清廷已无有挽救之可能,正像他时常吟诵的《哀江南》中所说,"眼看他起朱楼,眼看他宴宾客,眼看他楼塌了"的情形。而祖父要求其子弟"当静以应之,徐以俟之","毋戚戚于功名,毋孜孜于逸乐"。这就是说,在当时的情况下应静观时局之变化,在看清形势后再决定出处;不要去急急忙忙地追求功名利禄或自弃于逸乐,当以修德进学而为要旨。

我的祖父虽做过清朝的几任小官,但均在边远地区,地贫瘠而民艰苦。祖父为官清廉,遵循曾祖母之教训,据《莘夫赠公墓表》中说,祖父的母亲徐太宜"性严肃,寡言笑,居家俭朴,事舅姑以孝,御下以恕。勖儿子居官以清、以慎、以勤"。时朝廷之《制诰》亦谓"徐氏乃同知衔甘肃碾伯县知县汤霖之母,淑慎其仪,柔嘉维则,宣训词于朝夕,不忘育子之勤"云云。我想,很可能由于曾祖父母对祖父要求甚严,故祖父为官不敢不清廉也。自丁酉年(1897)后祖父主要担任临时性的甘肃省乡试同考官,而癸卯年(1903)之后则以"教书授徒"为业。在《谳游图》中列举参加者"固原吴本钧，印江陈时隽"等九人，想来他的学生当不止此九人也。近二十年后陈时隽再览阅此《谫游图》时，有一长段题词，其中说道："师孳孳弗倦，日举中外学术治术源流变迁，与夫古君子隐居行义、进退不失其正之故，指诲阐明，纤悉至尽。"可见祖父也是一位教书匠，但他却不是只教中国古书的"冬烘先生"，而亦注意当时思想潮流之变化，故在教学中常举"中外学术治术源流变迁"告之。我父亲在十五岁以前随祖父受学，而在1908年即入当时之新式顺天中学堂，后于1911年入清华留学预备学校，这当然也是祖父之主张，至少是得到祖父同意的。由此也可见祖父学术之路向。在此《谫游图》后面还有湘潭杨昭隽的题词说到"师生之谊"，江宁吴廷燮的题词中有"九夏师资，群伦效则"之语，这就是说，祖父教学授徒的时间当在九年以上。

在父亲《汉魏两晋南北朝佛教史》的跋中说："彤幼承庭训，早览乙部。先父雨三公教人，虽谆谆于立身行己之大端，而启发愚蒙，则常述前言往行以相告诫。"可知父亲有关中国历史之兴衰更替受教于祖父，而父亲之为人处世更是深受祖父之影响，在《谫游图·自序》中他说自己的立身行事"事不避难，义不逃责，素位而行，随适而安，固吾人立身行己之大要也"。陈时隽题字中说其师尝以"古君子隐居行义、进退不失其正之故，指诲阐明"可以佐证。

我想,祖父为什么常吟诵《哀江南》和《哀江南赋》,是看到清王朝大势已去,而此对读书人说"立身行己"实是最为重要之问题。《哀江南》描述了南明亡国时南京破败之情形,"村郭萧条,城对着夕阳道。野火频烧,护墓长楸多半焦……"句句道出了南京当时覆亡景象。庾信《哀江南赋》写的是内心丧国之痛。庾信为南方大族出身,原仕梁,后被派往北魏问聘,而魏帝留不使归,后江陵陷落,只得在北魏做官。《哀江南赋》的序中有"大盗移国,金陵瓦解,余乃窜身荒谷,公私涂炭,华阳奔命,有去无归"云云。"宣统三年六月",北京经八国联军之烧杀,残败之象毕露,其时正是清王朝将亡未亡之时,我祖父还在北京,他极思回乡终老,而尚不知何时得归田园居,其心情之痛苦可想而知。父亲用彤先生也常吟诵《哀江南》和《哀江南赋》,我记得在抗日战争期间和抗战胜利后大打内战之时,几乎每天都可以听到他在无事之时用湖北乡音吟诵《哀江南》。其时也正处在"时势迁流,今后变幻不可测"之际,像我父亲这样的知识分子所具有的"忧患意识"大概深深地根植于其灵魂之中吧!

我祖父大概是一位淡泊功名利禄且不甚喜游乐的读书人,因此在他与弟子、子孙游园时仍谆谆教诲诸随者"毋戚戚于功名,毋孜孜于逸乐",并且祖父把这次他与学生们的游园作为"可收旧学商量之益,兼留为他日请念之券"的一次机会。祖父毕竟仍是一位中国旧式的"士",是一位有功名的"进士",故仍然希望于国于民,立功立言,而扬名于世,所以在其序中说:"余维人生世间,如白驹过隙,寿之修短,复何足言!但受中生而为人,又首四民而为士,有所责不可逃也,有所事不可废也。"故虽"事不避难,义不逃责",但仍以"学不足以成名,宦不足以立业"为憾。我想,我父亲在"毋戚戚于功名,毋孜孜于逸乐"这点上或颇受祖父之影响。除了这卷《颐园老人生日谯游图》之外,我再没找到任何一件祖父留下来的东西,而父亲如此珍藏此图,又把它交给了我,大概正是因为父亲参加了这次游园,并且深深记住了"毋戚戚于功名,毋孜孜于逸乐"吧!祖父于此次游园后不久,就南归故里。他在《与连方伯书》中说:"某久宦无成,亟思归老,会适所愿,得遂初服,至慰至慰。""家有薄田五十,扶桑三百,采菊东篱,则南山在前,送客虎溪,则佳宾时过,拟于明仲初秋言归旧里,绝拘束之种种,返合疏之噩噩。"这封信已见其归心之切。在他回到黄梅孔垅镇汤家大墩后作了副对联,题为《六十自寿联》:

双寿一百廿二年，挑灯课子含饴弄孙，
且喜磊落英多，家庆国恩膺厚福。
同行十万八千里，揽辔登车束装倚马，
相与殷勤慰藉，海阔天空快壮游。

据《谯游图·自序》，是年祖父六十一岁，得摆脱京城之各种困扰，而得以归故里，"挑灯课子含饴弄孙"（按：一清为祖父长孙，一贞为长孙女），虽然京城离家乡黄梅路途遥远，有乘车倚马之劳，但一家"相与慰藉"，一路海阔天空无忧无虑地悠游而行，这岂不是喜得的"厚福"吗？但祖父归乡未久而病逝，享年六十三岁。

我的父亲汤用彤

我父亲汤用彤先生生前最喜欢用他那湖北乡音吟诵《桃花扇》中的《哀江南》和庾信的《哀江南赋》。我记得我的祖母曾经对我说,我祖父汤霖就最喜欢吟诵《哀江南》和《哀江南赋》。我祖父是光绪十六年(1890)的进士,光绪二十年(1894)在甘肃任职知县,我父亲就生在甘肃。据我祖母说,我父亲小时候很少说话,祖父母都以为他不大聪明。可是,在父亲三岁多时,有一天他一个人坐在门槛上,从头到尾学着我祖父的腔调吟诵着《哀江南》。我祖父母偷偷地站在后面一直听着,不禁大吃一惊。我父亲最喜欢我妹妹汤一平(可惜她十五岁时在昆明病逝了)。我记得,我们小时候得睡午觉,父亲总是拍着我妹妹吟诵《哀江南》。我听多了,在六七岁时也可以背诵得差不多了,当然我当时并不懂它的意义。今天我还会用湖北乡音吟诵这首《哀江南》。《哀江南》是说南明亡国时南京的情况,其中有几句给我印象最深,这就是"眼看他起朱楼,眼看他宴宾客,眼看他楼塌了",历史大概真的就是如此。我想,我祖父和父亲之所以爱读《哀江南》,是因为他们都生在中国国势日衰的混乱时期,为抒发胸中之郁闷吧!我对我祖父了解很少,因为他在我出生前十三年就去世了。据我父亲说祖父喜汉《易》,但没有留下什么著作。现在我只保存了一幅《颐园老人生日谳游图》,此长卷中除绘有当日万牲园之图景外,尚有我祖父题的《自序》和他的学生祝他六十岁生日的若干贺词。从祖父的《自序》中,我们可以看到他当时伤时忧国之情和立身处世之大端。《自序》长五百余字,现录其中一段于下:

> 余自念六十年来,始则困于举业,终乃劳于吏事……虽然,事不避难,义不逃责,素位而行,随适而安,固吾人立身行己之大要也。时势迁流,今后变幻不可测,要当静以应之,徐以俟之,毋戚戚于功名,毋孜孜于逸乐。然则兹游也,固可收旧学商量之益,兼留为他日请念之券。

此次游园,我父亲也同去了。这幅《颐园老人生日谳游图》大概是我父亲留下的祖父唯一的遗物了，图后有诸多名人题词，有的是当时题写的，有的是事后题写的。在事后题写的题词中有欧阳渐和柳诒徵的，词意甚佳。

1942年我在昆明西南联大附中读书时，在国文课中有些唐宋诗词，我也喜欢背诵。一日，父亲吟诵庾信的《哀江南赋》，并从《全上古三代秦汉三国六朝文》中找出这赋，说可以读一读。我读后，并不了解其中意义，他也没有向我说读此赋的意义。1944年，我在重庆南开[1]读高中，再读此赋，则稍有领会。这首赋讲到庾信丧国之痛。庾信原仕梁，被派往北魏问聘，而魏帝留不使返，后江陵陷，而只得在魏做官，序中有"金陵瓦解，余乃窜身荒谷，公私涂炭，华阳奔命，有去无归"等语，又是一曲《哀江南》。由赋中领悟到，我父亲要告诉我的是，一个诗书之家应有其"家风"。因在《哀江南赋》的序中特别强调的是这一点，如说"潘岳之文采，始述家风；陆机之辞赋，先陈世德"云云。近年再读祖父之《谳游图》中之题词，始知我父亲一生的确深受我祖父之影响。而我读此题词则颇为感慨，由于时代之故

---

1 此处指南开中学，后同。——编者注

我自己已无法继承此种家风，而我的孩子们又都远去美国落户，孙子和外孙女都出生于美国了。我父亲留学美国，五年而归，我儿子已去十年，则"有去无回"，此谁之过欤！得问苍天。不过我的儿子汤双博士（一笑）也会吟诵《哀江南》，四岁多的孙子汤柏地也能哼上几句。但吟诵《哀江南》对他们来说大概已成为无意义的音乐了。我想，他们或许已全无我祖父和父亲吟诵时的心情，和我读时的心情也大不相同了。俗谓"富不过三代，穷不过三代"，大概传家风也不会过三代吧！

1993年是我父亲诞辰一百周年，我虽无力传家风，但为纪念父亲之故，谈谈我父亲的为人也是一种怀念吧！

在我祖父的题词中，我以为对我父亲影响最大的是："事不避难，义不逃责，素位而行，随适而安""毋戚戚于功名，毋孜孜于逸乐"。

父亲一生淡泊名利，新中国成立前他一直在教书，虽任北京大学哲学系主任、文学院院长多年，他都淡然处之。平时他主要管两件事：一是"聘教授"。季羡林先生对现在我国这种评职称的办法颇不满，他多次向人说："过去用彤先生掌文学院，聘教授，他提出来就决定了，无人有异议。"盖因用彤先生秉公行事，无私心，故不会有人不满。二是学生选课。他总是要看每个学生的选课单,指导学生选课,然后签字。故他的学生郑昕先生于1956年接任北大哲学系主任时说:"汤先生任系主任时行无为而治,我希望能做到有为而不乱。"现在看来,"无为"比"有为"确实高明,自1957年后北大哲学系的情况就完全不同了。

1945年胡适接任北大校长后,有一阶段他留美未归;西南联大三校分家,北大复员回北京,事多且杂,时傅斯年先生代管北大校政,他又长期在重庆,因此我父亲常受托于傅先生处理复员事务,自是困难重重,他只得以"事不避难,义不逃责"来为北大复员尽力了。后胡适到北京掌北大,但他有事常去南京,也常托我父亲代他管管北大事,而父亲也就是帮他做做而已。

1946年,"中央研究院"历史语言研究所在北京东厂胡同一号成立了一个"驻北京办事处",傅斯年请我父亲兼任办事处主任,并每月送薪金若干,父亲全数退回说:"我已在北大拿钱,不能再拿另一份。"而他对办事处的日常事务很少过问,由秘书处理。记得1955年中华书局重印他的《汉魏两晋南北朝佛教史》时所给稿费较低,而他自己根本也不知当时的稿费标准,对此也无所谓,后他的学生向达得知,看不过去,才向中华书局提出意见。这又使我想起,1944年当时的教育部授予我父亲那本《汉魏两晋南北朝佛教史》最高奖,他得到这消息后,很不高兴,对朋友们说:"多少年来一向是我给学生分数,我要谁给我的书评奖!"我父亲对金钱全不放在心上,但他对他的学问颇有自信。1949年后,我家在北京小石作的房子被征用,政府付给了8000元,我母亲颇不高兴,但我父亲却说:"北大给我们房子住就行了,要那么多房子有什么用。"

1949年后,父亲任北京大学校委会主席(当时无校长)主管北大工作,但因他在新中国成立前不是"民主人士",也不过问政治,实是有职无权,此事可从许德珩为庆祝北大成立九十周年刊于《北京大学学报》中的文章看出。1951年下半年父亲改任副校长,让他分管基建,这当然是他完全不懂的,而他也无怨言,常常拄着拐杖去工地转转。我想,当时北大对他的安排是完全错误的,没有用其所长,反而用其所短,这大概也不是我父亲一人的遭遇,很多知识分子可能都遭遇过这样的问题。

钱穆在他的《忆锡予》(我父亲字锡予)一文中说:"锡予之奉长慈幼,家庭雍睦,饮食起居,进退作息,固俨然一纯儒之典型。""孟子曰:'柳下惠圣之和',锡予殆其人乎……交其人亦绝难知其学,斯诚柳下之流矣。"[1]确如钱穆伯父所言,父亲治学之谨严世或少见,

---

[1] 钱穆:《燕园论学集》。

故其《汉魏两晋南北朝佛教史》之作已成为研究中国佛教史的经典性著作。贺麟在《五十年来的中国哲学》中说："汤用彤……所著《汉魏两晋南北朝佛教史》一书，材料丰富，方法谨严，考证方面的新发现，义理方面的新解释，均胜过别人。"胡适在看此书稿时曾在日记中记有："读汤锡予的《汉魏两晋南北朝佛教史》稿本第一册。全日为他校阅。此书极好。锡予与陈寅恪两君为今日治此学最勤的，又最有成绩的。锡予训练极精，工具也好，方法又细密，故此书为最有权威之作。"（《胡适日记》，1937年1月17日）其治"魏晋玄学"实为此学开辟了新的道路，至今学者大多仍沿着他研究的路子而继续研究。父亲做学问非常严肃、认真，不趋时不守旧，时创新意，对自己认定的学术见解是颇坚持的。但与朋友相聚论政、论学，他常默然，不喜参与争论。故我父亲与当时学者大都相处很好，无门户之见，钱穆与傅斯年有隙，而我父亲为两人之好友；熊十力与吕澂佛学意见相左，但均为我父亲的相知；我父亲为《学衡》成员，而又和胡适相处颇善，如此等等。据吴宓伯父原夫人陈心一伯母说："当时朋友们给锡予起了一个绰号叫'汤菩萨'。"陈心一伯母九十九岁，住吴学昭处。我想，这正如钱穆伯父所说，我父亲"为人一团和气"，是"圣之和"者，而非"圣之时""圣之任"者也。

我父亲虽有家学之传，并留学美国，但他平日除读书、写作外，几乎无其他嗜好。他于琴棋书画全不通，不听京戏，不喜饮酒，只抽不贵的香烟；他也不听西洋音乐，也不看电影，更不会跳舞，在昆明时常与金岳霖先生交换着看英文侦探小说，偶尔我父母与闻一多伯父母打打麻将，或者带我们去散散步，在田间走走。我父亲的生活非常节俭，从不挑吃，常常穿着一件布大褂、一双布鞋，提着我母亲为他做的布书包去上课。1954年他生病后，每天早上一杯牛奶，一片烤馒头片，放上一点加糖的黑芝麻粉，他就满足了。有一次，我姑母没看清，把茶叶末当成黑芝麻粉放在馒头片上，他也照样吃下去，似乎并不觉得有什么异样。

我父亲一生确实遵照我祖父的教训："素位而行，随适而安""毋戚戚于功名，毋孜孜于逸乐"。我想，像我父亲生在国家危难之时、多变之际，实如钱穆伯父所说是"一纯儒之典型"。从父亲的《汉魏两晋南北朝佛教史》的跋中我们不仅可以看到他承继家风、为人为学、立身行事之大端，且可看出他忧国忧民之胸怀，现录跋中一段于下：

> 彤幼承庭训，早览乙部。先父雨三公教人，虽谆谆于立身行己之大端，而启发愚蒙，则常述前

言往行以相告诫。彤稍长，寄心于玄远之学，居恒爱读内典。顾亦颇喜疏寻往古思想之脉络，宗派之变迁。十余年来，教学南北，尝以中国佛教史授学者。讲义积年，汇成卷帙。自知于佛法默应体会，有志未逮，语文史地，所知甚少。故陈述肤浅，详略失序，百无一当。唯今值国变，戎马生郊。乃以其一部勉付梓人。非谓考证之学可济时艰。然敝帚自珍，愿以多年研究所得作一结束。唯冀他日国势昌隆，海内乂安，学者由读此编，而于中国佛教史继续述作。俾古圣先贤伟大之人格思想，终得光辉于世，则拙作不为无小补矣。

这篇跋写于1938年元旦，正值抗日战争开始之时。从那时到现在[1]已经五十五年了，我父亲去世也已二十九年了。我作为他的儿子和学生，虽也有志于中国哲学史之研究，但学识、功力与我父亲相差之远不可以道里计；于立身行事上，也颇有愧于家风。但我尚有自知之明，已从几十年的风风雨雨中吸取了不少教训，对祖父的教导或稍有体会，当以此自勉也。

---

[1] 此文写于1993年。——编者注

记我的母亲

在我看来,我的母亲无疑是一位伟大的女性,是中国母亲的典型代表。我父亲到美国留学四五年,母亲带着我哥哥一雄和姐姐一梅留在北平。当时,我们家是个大家庭,由我祖母当家,每月只给我母亲少量的零用钱,所以母亲得常由黎姨妈接济,这当然是相当困难的,我的姐姐就是在此期间病逝的。我母亲最伤心的事是,她生了六个孩子,却有四个是先她而死去。试想,母亲自己没有什么事业,而相夫教子是她最主要的责任。母亲对父亲的照顾应说无可挑剔,在这方面她大概没有憾事。然而孩子的早逝总像一块重石压在她身上。我记得,在宜良时,母亲和我谈起哥哥一雄,她说:"一雄如在我身边,也许不会死。"她这是在自责,在思念,因为哥哥毕竟是她的大儿子。二十世纪三十年代,我们在北平时，哥哥参加了学生运动（据《北京大学校史》记载，哥哥是1938年在长沙与袁永熙一起参加中国共产党的），他喜欢照相，拍摄了许多"一二·九"运动时的照片。在当时，拍照片是很花钱的，因此他常常向我母亲要钱，母亲也总是满足他的要求，而我父亲对此颇有意见，他觉得我哥哥应该好好念书，其他事都是"不务正业"。但父亲也只是说说而已，从不与我母亲争辩。

最能表现母亲的能力的，是她带着我们几个孩子由北平经上海至香港到海防，这一路要经过日占区、法租界、英殖民地，又到日占区的海防，几千里，她都应付过去了。而且到香港后，她还有兴致带我们坐缆车游香港太平山。抗战期间，在云南的教授的生活越来越困难，薪水总是不够，有的教授以刻图章、写字补充家用，有的教授为其他学校兼课补充家用，而我父亲既不会刻图章，又不精书法，且又不去他校兼课。于是就靠我母亲设法支撑家用，她先是卖从北平带去的首饰，后又卖带去的衣服，卖衣都是由母亲摆个地摊，和买主讨价还价，这种时候，我的大妹总是帮母亲守摊。

1946年暑假回到北京，这时我伯父因生活困难已将缎库胡同的房子卖了，搬到北海旁边的小石作胡同二号的一个院落。这个院落也有二十余间房，有三个院子，但年久失修，都是由我母亲雇人修理的。修理后它成为一座不错的住宅。在云南,我们或是住在破尼姑庵中,或是租住在别人的破房子里。这回有了自己的房子、院子,母亲用心把它打扮了一番,房子都粉刷一新。院子里种上了花木。我记得有一棵白丁香,开起花来真漂亮。1952年9月13日,我和乐黛云的婚礼就是在这个院子举行的。可惜这个院子于二十世纪八十年代中期为政府以8000元所收购,于此盖了一座楼。就是在这个院子里,还发生了一件值得说一说的事。

1950年,抗美援朝时期,我报名参军,要求赴朝鲜前线,这时《新民晚报》记者采访我的母亲:"你能同意你的儿子上前线吗?"母亲回答说:"别人的儿子上前线,我的儿子当然也应该上前线。"这时政府号召捐款买飞机,母亲就把她保存的金子捐献了。这些都是因为抗战胜利了,共产党把外国势力赶跑了,官吏们和老百姓同甘共苦,使得像我母亲这样的女性,爱国也不用寄希望于后人了。

1952年暑假后,我们家由城里搬到西郊的北京大学(燕京大学的校址),住在燕南园五十八号。这时我在中共北京市委党校工作,地点在市内东城区的贡院西大街,只有到周末我才回燕园。而乐黛云留在北大,担任中文系的秘书和教员党支部的工作,因刚刚由城里迁到城外,加之正是院系调整时期,她的工作很繁忙,家务一切都由我母亲操持，我们回家就是吃饭，什么事也不用我们操心。1953年7月22日，我的女儿汤丹出生了。乐黛云是没有时间照顾汤丹的，我更没有时间了，女儿是由母亲亲手带大的，就是1957年12月24日我的儿子出生以后，也是由母亲照管的。特别是乐黛云在1958年2月被划为右派，我又常下乡去搞什么"大跃进"，在这困难时期，都是母亲帮我们渡过难关。在当时，如果一个家庭中有了个右派，这个家庭必然会有个大变化，但是，我母亲对乐黛云依然如旧，没有表现出半点不满。在乐黛云下放"劳动改造"期间有假期回家时，母亲总是准备丰盛的菜饭来给她以补养。这就是中国伟大的母性，难道几十年的"思想改造"运动不正是把人的自然本性都变成了"奴性"吗？幸好我母亲一直待在家里，甚少受"思想改造"之苦，因而她的"人性"比起经过改造的人保存得多一点，这是我们家的幸运。

由于父亲于1964年去世，对我们的家庭收入有很大影响，靠我和乐黛云以及我弟弟、弟媳的工资是维持不了家用的，这时还有政府每月给我母亲的100元生活补助，但"文化大革命"开始后，母亲的生活补助被取消了，只得靠积蓄补足，但日久积蓄用完，生活就大不如前。母亲因父亲的去世，又加上我在"文化大革命"中成了"黑帮"，时常要挨批斗，她整日担惊受怕，不知会发生什么事情，因此身体大受影响，自1968年起就生病长期卧床。燕南园在北大校园内，它的南面就是学生宿舍群二十八楼至三十二楼。1967年下半年，北大的红卫兵就分成了两派：以聂元梓为首的"新北大"和以牛辉林为首的"井冈山"，开始还只是辩论，互贴大字报，但后来发展成两派的武斗。我这个"黑帮"住在燕园很容易受到两派的注意，而且自1966年秋起，我们已经主动地退还几间房子，这样我们一家四口和我弟弟一家四口，再加上我们的老母亲住在一起也比较挤了，于是我们一家四口于1968年年初就搬到中关园的小平房中去了，这样我就可以远离武斗区，以期躲避灾难。而我弟弟一家四口和我母亲仍然留在燕南园，因为我弟弟和弟媳不是什么"黑帮"之类，所以没有什么"革命组织"找他们的麻烦。母亲的身体一天不如一天，而我们的工资很低，每月只能挤出20元给母亲，实在无法，我们就开始卖父亲的藏书，先把《四部丛刊》卖给了南京大学，后又把父亲藏的外文书卖给了武汉大学，以渡过难关。母亲就这样卧病在床，后来神志也不大清醒了，有时认识人，有时也认不清人了，这样一直到1980年她离开了人世，离开了我们。

到云南与父亲团聚

1939年夏,我父亲由昆明经上海至天津,欲上北平接我母亲和我以及弟妹到昆明。但到天津由于发大水,不能上岸,只得返回昆明。这次他没有到北平可以说是一件好事,因为我伯父汤用彬已任北平伪政权的秘书处主任,和日本人过往甚密。我在他房间里看到一幅穿和服的日本美女的照片,上有某日本人的题词"三人成众,三女为姦(奸)"。听母亲说,伯父与北平的政要和学界商量好要把我父亲留在北平,如果父亲到了北平,总会有不少麻烦。幸好他没有来。

父亲没能到北平接我们,于是我母亲决定带我们去昆明。邓以蛰先生听说我们要去昆明,就要求他的女儿邓仲先和儿子邓稼先(时年十五岁)与我们同行,而且让邓稼先用我哥汤一雄的名字,认为这样麻烦会少一点。母亲张敬平没有受过正规教育，但由于出身湖北黄冈大族，知书识礼，人也很能干。母亲带着我、妹妹、弟弟和邓家姐弟，由北平乘车到天津，由塘沽上船到上海。我记得我们是住在跑马地附近的东方饭店，这是由于我们必须在上海办好到香港的各种手续。大概在10月初，我们到了香港，住在什么旅馆已记不得了，只记得母亲要在那里用黄金换钱，并且带我们坐爬山电车，上太平山看香港风景，接着我们又乘轮船到安南（现在的越南）的海防。这时日本军队已占领海防，我们上岸时还受到日本兵的检查，走过检查站就看到父亲在那里站着等我们，就这样我们全家团聚了。母亲问父亲为什么我哥哥没有来，父亲说："一雄要上课，不能来。"其实我哥哥已经病逝了。父亲怕母亲旅途劳累，再知道一雄哥哥去世，很难支持。我们在海防住了一两天，就转往河内。我记得我们住在一家很不错的旅馆内。旅馆有一大花园，树木扶疏，花草繁茂。在河内休息了约一周。白天我们常常和父亲坐在树荫下喝茶。他给我和妹妹买了各种糖果，这是我们第一次吃到法国式的糖果。父亲常常抚摩着我和妹妹的头，吟诵着"山松野草带花挑"，陷入一片静寂之中。他用慈爱的眼光看着我们，使我第一次感到了父亲对我们爱之深。安南到处都是香蕉树和椰子树，就是在河内市里也是这样，这对我们北方来的孩子来说特别新鲜。我和妹妹很爱在这些树丛里跑来跑去，弟弟一玄还不到三岁，但走路没有问题，也跟着我们在树丛里钻来钻去。河内给我留下很深的印象——安静、清新，到处是树木花草，房子一座座都很漂亮，而我们住的旅馆也特别漂亮。二十世纪八十年代后，我到过许多国家的大小城镇，都没有像河内那样给我留下深深的美好印象，这也许是孩子的幻想，也许是因团聚而生的喜悦。

母亲能在战时带我们从北平沦陷区，过天津，经上海租界，又经英国殖民统治的香港，到已为日本兵占领的海防，行程几千里而平安到达，应该说非常不容易。因此，在这里我要谈谈我的母亲。我母亲的父亲是清朝的进士，但没有做过什么大官，只当过几年的翰林。她的哥哥张大昕参加过辛亥革命，民国初年曾任国会议员，后在二三十年代还担任过汉阳兵工厂的总监之类。张家是黄冈大族，诗书之家，藏书很丰富，舅舅张大昕曾要把家藏的两本《永乐大典》送给我父亲，父亲没有接受，后来舅舅的房子失火，全部藏书都化为灰烬，真是可惜。母亲是我外祖父最小的女儿，她除有哥哥张大昕外，还有一个姐姐（也可能母亲还有其他兄弟姐妹，但我都没见过），我们都叫她黎姨妈。她嫁了黎澍，也是民国初年的国会议员，后来做过湖北省财政厅厅长、湖北银行行长。我的印象,黎姨妈家相当有钱,有一段时间她也住在北平,常常请我母亲带着我们到她家吃饭。黎姨妈自己没有孩子,所以也特别喜欢我。由于我母亲最小,她的哥哥姐姐都很爱护她。我的舅舅留着大胡子,我们都叫他"大胡子舅舅";他脾气很大,很多人都怕他,就是黎姨父也怕他。1933年日本人进攻古北口,北平局势紧张,于是我们全家南下,先到汉阳舅舅家住。我那时六岁,还记得舅舅住的房子很大,楼上楼下两层,房子围着一个大院子,院子中间还有树木花草。房子形成正方形,楼上有廊子,通向四面,有一天我在楼上的廊道上跑来跑去,把地板弄得咚咚响,舅舅很生气,要用板子打我屁股。我母亲不让打,并且说:"你要打我的孩子,我们马上就搬走。"舅舅只好让步。平日我母亲除了管理家务,照顾孩子们的衣食和上学外,还有一些亲朋要应酬,空下来的时间她就看看中国古典小说。《红楼梦》她至少看了五遍,可能比毛泽东主席还多看了一两遍吧!许多认识我母亲的人都说她很美,这话不假。有一次父亲和他的一些朋友聊天,说到某位朋友的夫人很有大家风度,很美,这时我父亲指着墙上挂着的我母亲的一张照片说:"这位端庄的夫人也很美呀。"大家哈哈大笑。

我父亲对我母亲非常好,可以说是言听计从。家里的事一概由我母亲做主,父亲从不干涉。我从来没有看他们吵过架,拌过嘴。有些事父亲不高兴,他也不说,不表露,例如母亲的亲朋不少,应酬较多,有时她要在家里请客,还要打麻将,父亲总是借故外出,晚上回来就到南屋他书房中去看书。父亲晚年生病,为了照顾他,曾把他的姐姐找来帮忙,我们叫她四姑。这时四姑年纪也不小了,而且没儿没女,她对我父亲照顾得可以说是尽心尽力,可我母亲总觉得四姑爱多管事,而有些小矛盾。对此我父亲也不闻不问,或者用什么事把它岔开了事。关于我母亲就说这些吧!还是回来说说我们全家在云南团聚的事。

如果不是我哥哥于1939年在昆明病逝,我妹妹于1944年又在昆明病逝,我们一家在云南生活虽艰苦,但仍然是很值得回忆的。由安南经滇越路到昆明,我们没住几天就搬到离昆明不太远的宜良县。在我们到云南之前,钱穆伯父住在县西的一座小山上的岩泉寺,我父亲常去岩泉寺访钱穆先生,这在钱先生的《师友杂忆》中有所记载。我们住在宜良时,西南联大不少教授也在这里,我记得有贺麟、郑昕、姚从吾、唐钺等,还有我一位堂姐汤伟华和她的丈夫王度(奎元)也住在宜良。姐夫王度是一位桥梁工程师,曾参与茅以升建造的钱塘江大桥工程,是时他任滇越铁路的工程师。他也是留美学生，年龄和我父亲差不多，在当时已是很有名的桥梁工程师。他一直有心建武汉长江大桥（因为他是湖北黄梅人）。新中国成立后他参与过不少国内的桥梁建设，是一级工程师。我父亲去世后，他继我父亲当选为湖北省出席全国人民代表大会的代表。当时还有一陆军的后方医院驻扎于此。因此，宜良县的外省人颇不少，时常有些交往和互助。父亲每周要乘火车到昆明去上课，在那里他就住在靛花巷北京大学文科研究所里，但他大部分时间住在宜良。宜良离有名的石林不远，那里风光秀丽，有山有水，风候温和，田地几乎四季青绿。我记得蚕豆开花季节，一片黄花，不是"战地黄花分外香"，而是"宜良黄花遍地香"了。宜良有一温泉，水温且微香，可以洗澡，有大池，有小池。我们自然要了两间小池，我和父亲一间，母亲和妹妹、小弟一间。洗澡回家的路上，如果蚕豆已熟，就顺便摘些，回家煮着吃，甜香可口，是我们当时最喜欢的零食。宜良有个很大的文庙，是我们小孩常去玩的地方。大殿有一高台，台前有一小池，中有荷花，殿台四周有大树环绕，左右各有房若干间，当时陆军后方医院就设于此。但医院只有一个医官和两三个医兵（大概是护士之类），可战争并没有打到云南，因此我们一直没有看到有伤兵入住。当时我们外省人有病常去找医官看病，医官姓杨，我们都叫他杨医官。他为人和气、热心,且好学,常找联大各教授聊天、请教。杨医官和我堂姐过往甚密,后来听说堂姐和堂姐夫王度离婚,而与杨医官结合了。

在宜良期间,父亲主要在研究"魏晋玄学"。当时没有多少事,我看他经常在阅读《全三国文》《全晋文》《后汉书》《三国志》《晋书》等。我当时已是初中一年级的学生,像《三国演义》之类的书已经看过,因此有时也翻翻《三国志》,虽不全懂,但我知道了正史和小说不大相同。这时父亲正在研究"王弼思想",有次我问父亲:"为什么《三国演义》中没有王弼?"父亲说:"王弼不会打仗,也不会用兵,写在小说里,这小说没人爱看。"我问:"那你写的王弼有人爱看吗?"他说:"贺(麟)伯伯爱看,你不信可以去问他。"我就真的去问贺麟伯伯,他告诉我:"王弼可是一个了不起的哲学家,可惜二十三岁就死了,研究哲学家的思想可比研究那些帝王将相像刘备、关羽、诸葛亮、周瑜等的意义还大。"从这时我才知道,历史上有所谓"哲学家",而研究哲学家有重要意义。在宜良期间,我父亲写了三篇有关王弼的论文:《王弼大衍义略释》(发表于《清华学报》第十三卷第二期)、《王弼圣人有情义释》(发表于《学术季刊》第一卷第三期)、《王弼之〈周易〉〈论语〉新义》(发表于《图书季刊》新第四卷一、二期合刊）。

1942年夏，我们家由宜良搬到了昆明，为了躲避日本飞机的空袭，住在离城约十里路的麦地村的一座很小的尼姑庵中。这个尼姑庵只有一个年轻的尼姑，没有什么香火，菩萨像已破败不堪。正殿租给了北大文科研究所放书和其他东西，我记得放有一部《道藏》，陈国符教授常去看，王明也常去看。这时向达先生去西北考察，他的箱子也放在里面。开始我们也住在正殿，和那几座破损的菩萨为伍，后来搬到西边的三间屋子里住了。清华的文科研究所在距麦地村一里之遥的司家营，闻一多先生一家住在那里，还有几位清华研究生也住在那里，我记得有季镇淮、何善周等。离麦地村不远有个龙头村，这是一个小镇子，可以买到粮食、蔬菜之类，如果遇到赶集日还可以买到鸡、鸡蛋和烧火的木炭、松毛之类。冯友兰一家和金岳霖教授就住在龙头村。冯先生的《新原道》和《新原人》、金岳霖先生的《论道》大概都是在龙头村写成的。据冯先生的序中说，他写这两书时有时和我父亲讨论。那段时间父亲仍在研究"魏晋玄学"，他的《向郭义之庄周与孔子》（刊于《哲学评论》第八卷第四期）和《魏晋玄学流派略论》（刊于《国立北京大学四十周年纪念论文集》）大概就是在麦地村写的。此时他还写了一篇《文化思想之冲突与调和》（发表在《学术季刊》第一卷第二期），这篇文章可以说是他继《评近人之文化研究》后，对文化问题的看法。我认为，这两篇代表了用彤先生对文化思想总体看法的理论性论文，今天看来仍然有其重要意义。父亲对文化的看法之所以平正、合理，与他长期以来对中、西、印三种大文化都能"平情立论，珍视传统"和"尊重差异"有关系。看来，做文化研究必须对世界上有重大影响的文化传统有较为深入的研究，其论述才可能有较长期的影响。

我们家住在麦地村，但我和妹妹都在联大附中读书，因此每星期日下午我们就要步行去昆明市内，星期五下午回麦地村，这对我是很好的锻炼。有时我们和父亲同行，他常常教我们背一些诗词和古文。他似乎比较喜欢陶渊明的诗文，在这点上也许我受他影响很大，到今天我仍然最喜欢陶渊明的诗文。我特别喜欢陶渊明的《形影神赠答诗》《五柳先生传》和《与子俨等疏》。"纵浪大化中，不喜亦不惧。应尽便须尽，无复独多虑"是何等超越的境界；"北窗下卧，遇凉风暂至，自谓是羲皇上人"是多么潇洒。这都是他的那句"此中有真意，欲辨已忘言"所讲的应求诸"言外"之意也。

1943年夏，我由昆明去重庆南开读书，妹妹于1944年夏病逝，1945年年初我又回到昆明，这时我家已由麦地村搬至昆明市内青山街居住。而我则无学可上，就在联大先修班旁听，父亲又请钱学熙教授教我英语。我在南开仅念完高一,先修班的课程我根本就跟不上,倒是和钱先生学英语颇有进步。如果从英语的基本功说,我并不扎实,但我从钱先生那里知道了一些英国文学批评的知识,例如T.S.艾略特的文学理论、瑞恰慈的文学主张,特别是钱先生领着我读克里斯托弗·衣修午德的《紫罗兰姑娘》,对我当时的人生观有很大影响。书中有这样一段话:"夜里这种时分,人的自我差不多总睡了。一切感觉,对于身份,对于所有,对于名字和住址和电话号码,都变得朦胧了,这种时分人往往打着寒噤,翻起衣领,想:'我是一个旅客。我没有家。'一个旅客,一个流浪人。我觉察到柏格曼,我的同行者,走在我旁边:一个分立的、秘密的意识,锁在它自己里面,像猎户臂(Betelgeuse)一般的遥远……"我由重庆回昆明,本有一种失败者的、受挫折的感觉,心情不佳,加之妹妹的病逝,使我颇悲观,读《紫罗兰姑娘》使我本来内向的心灵更加孤寂了。

父亲的佛经虽大部分都在路上遗失,但还是有些书的。有一天我翻看佛书《妙法莲华经》,觉得佛教的人生哲学颇有深意,就问我父亲说:"我能不能读读《妙法莲华经》?"他说:"你可以读,但我看你读不懂。"我硬着头皮读了一些日子,真的什么也没有读懂,只得放下,父亲对我说:"做学问、读书要循序渐进,你可以先看看熊十力先生的《佛家名相通释》，把佛学的一些概念搞清，再读佛书也许好一些。"

这时有南开参加远征军的同学傅全荣和于豪达在由印缅回国的路上开小差，到了昆明，无处栖身，找到了我，向我说国民党军队如何腐败、长官如何吃空额等，希望能住在我家。我征求父母的意见，他们都同意了。傅全荣能画会写，字写得不错，曾帮我父亲抄写过文章，父亲对他印象很好。1956年，政府决定要为老学者配备一些学术助手，我父亲就提请学校当局把傅全荣（当时已改名杨辛）由东北调到北大作为他的助手。后杨辛成为北大哲学系美学教研室教授，于1993年退休，退休时杨辛教授已成为著名书法家，他的书法已刻在泰山多处石碑上，有一石刻比郭沫若的还大许多。而且他的有关泰山的书法和诗作已成为泰山博物馆永久的收藏品，北京大学图书馆也把杨辛的书法列为专藏，经常展出让师生欣赏。

1945年8月15日，日本战败，无条件投降，举国欢腾，联大师生当然与全国人民一样沉浸在欢乐之中。北大、清华、南开复校在望，但战后如何建国却成为众多师生关注的焦点，而国共两党的矛盾和冲突不断，为受尽苦难的中国蒙上了一层浓浓的阴影。中国的前途如何呢？父亲对这种情况很少表示什么意见，整日用湖北乡音吟诵《哀江南》，想来他对时局是悲观的。据我了解，他虽不满国民党政府，但对共产党也存在怀疑，认为争权夺利于民族和国家有害无益。他甚至对某些民主党派的成员不甚佩服，认为有的教授也并不都是真正考虑国家民族的前途。这和他的一贯认为教授的主要使命是在学术文化上做出成绩相关，当然也和他的"为学术而学术"的思想倾向有关。因此，他对现实政治不多表态。他特别不赞成学术为政治服务，他曾对学生说："一种哲学被统治者赏识了，可能风行一时，可就没有学术价值了。还是那些自甘寂寞的人做出了贡献，对后世有影响。看中国历史，历代都是如此。"

这年的12月1日发生了国民党政府屠杀学生的惨案，联大教师员工罢工，学生罢课，并且大规模地抗议国民党政府的暴行，要求民主、自由，反对内战。父亲虽没有参加游行和各种抗议集会，但他却对国民党政府更加失望，对前途更加悲观了。因而他更加希望早日回到北平，正在这时傅斯年先生要求他协助北大复校工作。北大复校对父亲来说是件非常重要的事，他不顾自己患有高血压、心脏病，而全身心地投入了。这也许是因为他希望回到北平后，能像二十世纪三十年代上半期那样有条件完成他的《隋唐佛教史》吧！

我的中学时代

如果说小学时候的我是个平平常常、很听话的乖孩子,那么中学时候的我可以说是一个学习不好、习惯不好的坏孩子。1940年,我和母亲到云南和父亲团聚了,先是住在宜良,于宜良县立中学读初一。同学中有当地的孩子,也有为躲避日机空袭而住到宜良来的外省人的孩子,很自然外省来的孩子常常在一起玩。这时我的功课仍然是平平,且很不用功、贪玩,有时还逃学到水塘里去游泳,还偷老百姓家的瓜果。当时,学校还有体罚,除罚站外,还有打手板。我们要写作文,有一次我把"省"字错写为"乘",就挨了一手板,老师还讽刺说:"中学生这个字都写错,高年级小学生都不会写错。"我们年级还有一个外省来的女同学,她穿起童子军的制服,看起来很美、很神气,她的父亲是滇越铁路的工程师。当时男女同学之间是不讲话的，可是我很想和她说话，于是我就给她写信，由我妹妹交给她，她居然回了信，我们就这样通起信来，直到我家搬到昆明后为止。信的内容，我早已记不清了，但有一封信中她说到还有别的男孩子给她写信，她都没回，对此我很得意。通信这件事，大概也是我学习不那么好的原因吧！

1941年夏，我家由宜良搬到昆明，父母希望我转学到联大附中，但考试期已过，学校就给我进行了一次单独考试，考试的成绩很差，不能插班进入初二，要再读一年初一，这就是说在联大附中我是一个蹲班生。由于有些课程内容我已学过，就更不用功了，在班上也还是个中等生。国文课由冯钟芸老师教，她是冯友兰先生的侄女，讲李后主的词，使我们这些学生都爱上了后主词。在班上我只是算术比较好，在全班排名第二，而体育却排名第一，联大附中有一制度，每学期依各门课的成绩（包括平日作业、小考、大考等）排名次。算术排第一名的是位姓沈的女同学，对此我不大服气，觉得老师有些偏心。这时我家在昆明近郊的麦地村，闻一多先生家在司家营，两地很近，因此我常和闻先生的两个儿子闻立鹤、闻立雕一同上学，一同回家，有时还和住在同村的一位云南同学段承祐一起回家。暑假我们四人常一起爬山，带着一些必要的东西，如火柴、手电、水、干粮、绳子等,我们称之为"探险"。一路上说说笑笑,偷老百姓地里的老玉米(当地称苞谷)、白薯(当地叫地瓜)烤着吃。有一次下午爬山爬得比较高,有风,我们烧烤时把附近的草烧着了,简直成了放火烧山一样,我们拼命地往山下跑,回到家里天已黑,母亲问我干什么去了,我不敢说"放火烧山"了,只说和闻氏兄弟爬山迷了路,回来晚了。

到初二,我认识了初三的余绳荪,他是著名文学史家余冠英教授的儿子,比我大一岁,我们成了好朋友。有一天,他告诉我说,他找到了一本很有意思的书,叫《二万五千里长征》,讲的是中国共产党的故事,问我想不想看,并告诉我曾宪洛(著名化学家曾昭抡的侄子)、胡旭东都想看。十五六岁的男孩子当然对这样的传奇性故事都会有好奇心。我说,我也想看。于是,他不知用了什么办法租了一间房子,我们在那房子里共同阅读,一般都是余绳荪念,我们大家听着。斯诺的这一报道式的文学作品大大吸引了我们,延安使我们这批孩子大为向往,于是我们决定去延安。关于这个冒险行动,我在另处已写,不再重复。

我在重庆南开中学读书,因离家远,学习还算努力,但由于我没有上初三,直接进入高一,这样自然学得很吃力。一年结束,由于数学不及格,补考仍未及格，又成了留级生。张继宁（现改名岂之，曾任西北大学校长，现任清华大学人文学院教授）和我一样也是留级生，由于留级，学习就比较轻松一些，于是，我开始大量阅读中外小说，而且我和张继宁，还有我们原来同班的同学黎光智（现改名宁可，首都师范大学历史系教授）三人一起办了一份文艺性的壁报叫《文拓》，后来加入的还有吴增祺等人。我们这些人对当时的社会风气不大满意，例如，我们看到重庆的达官贵人开汽车送子女上学，就写《一滴汽油一滴血》这样的杂文。当时在南开壁报要由教导处审查，常有文章不让登出，我们就用"开天窗"的办法，用纸把不让刊出的文章糊上，这样同学们更好奇，就撕开来看。这种诡计自然骗不了教导处的老师。有一次，教导主任喻传鉴先生把吴增祺找去训了一顿，说："你们再这样搞，就把你们开除。"于是《文拓》就在南开停刊了。后来，于1947年又在北大复刊，并出有一副刊叫《仙人掌》，取其有刺之义。在北大复刊的《文拓》，受到两面的夹击：国民党方面的学生撕我们的壁报，共产党方面的学生认为我们是"第三条道路"的自由派，后因学生运动高涨，我们都参加了学生运动，《文拓》就自动停刊了。

在南开中学，我再次当留级生，和一些比我年纪小的同学在一起总有点不自在，而且知道妹妹一平病逝，我很想家，得到父母同意后，我于1945年1月又回到了昆明。这时我已是十八岁的青年了，种种挫折，种种变故，使我想来探讨"人生的意义"，特别是"生死"一类的问题。于是我开始自觉地读了大量有关哲学、宗教、文学的书籍。

虽然我不是一个好学生，但却爱看小说之类的作品，初中时，我先是爱看巴金的《家》《春》《秋》，也看《三国演义》《水浒传》，好像特别喜欢屠格涅夫的《父与子》《罗亭》，觉得这些书写人的感情比较细微。从贵阳被遣送回昆明后，不能也不愿再回联大附中，就在家里自己看点书。我忽然对历史感兴趣，父亲让我读钱穆先生的《国史大纲》，这本书对我影响很大，它使我了解到我们国家有着悠久、丰富、辉煌的历史，特别是钱先生对祖国历史的热爱之情跃然纸上，使我十分感动，这种态度可能对我以后爱好中国历史和中国文化有着非常大的影响。因住在乡间和心情之故，我对古典诗词由原来喜欢李后主的词，转为更喜欢陶渊明的诗文了，那些"采菊东篱下，悠然见南山""此中有真意，欲辨已忘言""问君何能尔，心远地自偏""北窗下卧，遇凉风暂至，自谓是羲皇上人""泛览周王传，流观山海图"等句子，在潜移默化中使我的性格中渐渐增加了爱"自然"和"自由"的因子。当然，我常常还是学着用湖北的乡音吟诵《桃花扇》中的《哀江南》和庾信的《哀江南赋》，它们的那种悲凉的心境也正适合国难当头的年轻人的品味吧！在南开因留级就更有时间读小说，这一时期我读了托尔斯泰的《战争与和平》《复活》《安娜·卡列尼娜》，陀思妥耶夫斯基的《卡拉马佐夫兄弟》和契诃夫的短篇小说。其中托尔斯泰对我的影响最大，他的"人道主义"精神和对信仰的坚贞，使我深深感动。由于国文课的内容选有《孟子》的某些篇章，这样也使我开始阅读《论语》《孟子》以及《老子》《庄子》等书，当然也只是能对它们有字面上的了解，其中的奥义是领悟不到的，不过我总算开始接触中国古典哲学著作了。

北大四院的生活

1946年夏,因西南联大三校北上复校,我们全家由昆明乘飞机到重庆,在重庆等了近两个月才坐上飞机回到北平。在重庆时,我参加了大学入学考试,但未被录取。到北平后,我先是插班到育英中学读高三,没多久北京大学为没考取北大的学生设立了一个先修班,我作为先修班的正式学生入学了。在先修班的一年,除正课外,我又看了不少外国文学的书,特别对文学理论、美学、哲学的书也开始感兴趣。我读了朱光潜先生的《文艺心理学》《谈美》《谈文学》和他翻译的克罗齐的《美学原理》,我还读了部分《圣经》(主要是"四福音书"),并由此读了部分奥古斯丁的《上帝之城》。可以说这一年中我对西方哲学和文学比对中国哲学和文学的兴趣大得多。而这些西方哲学和文学著作把我引向了人道主义的道路。我记得那时我写过如《论善》《论死》《论人为什么要活着》等,都是为了探讨人生意义何在的。这个时期我也写过一些散文,有两篇刊登在当时的《平明日报》上,一篇题为《流浪者之歌》,这篇我手头没有保存;另一篇题为《月亮的颂歌》,这篇保存下来了,它实为我爱着的一位女孩子所写。现抄录最后一段于下,或许对了解我当时的思想感情有帮助。这篇散文分三段,第一段是写"有月亮的日子";第二段是写"没有月亮的日子";第三段的小标题是"我也不知道是什么日子的日子",现把第三段抄在下面:

春天骤雨的声音,
在闪烁的青草上,
惊醒了花朵,
它们永远是
快乐、清晰、鲜美,
而你的声音远过于这些。

我唱出了雪莱的这首小诗,好像走在提琴的弦上,弦振动,摇撼了我的心灵。

大海里的水忘情地奔腾,不知道是为的什么?但,看见了灯塔的孤光,也就探得了人生的意义了。诗人说人生如梦幻,这简直是嘎嘎乌鸦的叫声,与自然多么不和谐。可我却想说,人生是灯光一闪,这毕竟能留下一点痕迹,在那些"不知道是什么日子"的日子,我许下这个愿:

"去看那些看不见的事物,去听那些听不到的声音。把灵魂呈献给不存在的东西吧!"

这也许只是为着留下一点痕迹罢了!

现在我真想把"不知道是什么日子的日子"改为"不知道有没有月亮的日子",把"这也许只是为着留下一点痕迹罢了"改为"这也许是为着留下无痕迹的痕迹罢了"。

北大先修班设在当时的国会街的北京大学的第四院,即原来的国会议院,我又和原南开的几位同学办起了《文拓》壁报,我除了为它写散文,还写了连载的《美学研究之种种》。我们还常常举办唱片音乐欣赏晚会,放一些西方古典音乐,有一次我们把北平天主教的神父请到四院来唱基督教的"圣歌"。当时在北平的神父很多,有意大利的、法国的、瑞士的、奥地利的、瑞典的、比利时的,等等,他们用各种语言唱,轰动一时。我们还举办过诗歌朗诵会,我朗诵的是高兰的《哭亡女苏菲》,深深地打动了听众,很多同学都向我要这首诗。1947年新年,我们送给女生宿舍一副对联,上联是"弱者呀你的名字叫女人",

下联是"永恒的女性引我们上升"。这一时期，我很爱看外国的所谓"文艺片"电影，例如《魂断蓝桥》《鸳梦重温》《战地钟声》《金石盟》，等等，我特别喜欢的两部影片是《马克·吐温传》和《明天交响乐》。这时"内战"已起，但似乎对我们的影响不大。

对我思想有相当大影响的是"沈崇事件"，1946年年底美国士兵强奸了沈崇。沈崇是我们先修班的同学，而且在同一班上国文课。面对美国士兵的暴行和当时政府的软弱无能，我当时非常气愤，从此以后我也就常参加罢课游行的学生运动了。

1947年暑假后，我由先修班升入北京大学哲学系，从此我踏入了大学之门。由于我选的是哲学系，因此读书的重点就从文学转向哲学了。这期间除读课上指定的书外，我还看了一些中国哲学方面的书，例如冯友兰的《中国哲学史》、范寿康的《中国哲学史通论》以及我父亲的《汉魏两晋南北朝佛教史》等，写过一些这方面的读书笔记和文章，但都未发表，不过现在我还保存着一些。相比之下，我对西方哲学似乎更有兴趣，我写过两篇文章，一篇是《对维也纳学派分析命题的一点怀疑》，是由冯友兰和洪谦两位先生的争论引起的，在这篇文章中我既批评了洪谦先生对"玄学"的否定，又批评了冯友兰先生认为"玄学对实际无所肯定"的观点。另一篇是《论内在关系与外在关系》，这是看了金岳霖先生刊于《哲学评论》上的《论内在关系》之后，对新黑格尔学派布拉德雷（F.H.Bradley）在《现象与实在》（*Appearance and Reality*）中讨论"内在关系"与"外在关系"的批评。贺麟先生对这篇文章有一评语，如下："认为布拉德雷所谓内在关系仍为外在关系，甚有道理。对内在关系的说法，亦可成一说，但需更深究之。"

在北大哲学系学习期间，我除了选修哲学系的课程外，还选了大量外语系的课，例如我选了俞大䌽先生的"英国文学史"，这门课用英文讲课，我最后还考了64分，我偷听了朱光潜先生的"英文诗歌"课，但没上多久，就不敢去上了，因为听不懂，对我来说太难了。我也选修了冯至先生的德语快班，每天要上课，而那时已是1949年以后了，社会活动很多，大大影响学习，我只考了59分，不及格。今天想来很后悔！我选了中文系杨振声先生的"欧洲文学名著选读"，从荷马的史诗、希腊悲剧、但丁的《神曲》一直到莎士比亚的戏剧，当然作品都用的是英文版，我考了85分，是全班最高分。我还选修了梁思成先生的"中国建筑史"，至今我还保存着该课的笔记。哲学系的课，我最用功学的是"形式逻辑学"和胡世华先生开的"数理逻辑和演绎科学方法论"，因为我的数学基础不好，学这两门课比较吃力，但我很喜欢这两门课，为学好这两门课，我曾选修过微积分和张禾瑞先生的数论，但都没学完，因为基本听不懂。另外哲学系还有两门课讲英国经验主义和欧洲大陆理性主义，这两门课对我了解西方哲学的方法有很大帮助，由于要读英文版的著作，这不仅使我对西方哲学的名词概念越来越熟悉，而且大体上了解了西方哲学的传统问题。

1948年暑假后，我是哲学系二年级的学生了，要搬到北京东城的沙滩上课，宿舍在南河沿的北大第三院，这样我的北大四院的生活就结束了。1949年北平解放，5月我参加了中国新民主主义青年团，11月我参加了中国共产党，这时我不仅努力学习马列主义、毛泽东思想，还认真听过艾思奇同志的"辩证唯物主义与历史唯物主义"、胡绳同志的"毛泽东思想"和何思敬同志的"费尔巴哈和德国古典哲学的终结"等课，而且还当了北大青年团干部，要做学校的许多社会工作。1951年1月，也就是在我读完大学四年级第一学期时，北大党委派我到中共北京市委党校去学习，原来想把我培养成在高级知识分子中发展党员的"组织员"，但在党校学习了两个月之后，发现我不适合担任"组织员"的工作，于是就被留在党校做教员。在当时，我实在不愿去党校，我还希望念书，我还有着做"哲学家"的残梦。

我们家的儒道互补

我和乐黛云结婚已经五十三年了。在这五十三年中,我们经历着种种的苦难,不是她成为右派,就是我成为"黑帮",不是我被"隔离审查",就是她在深山"劳动改造"。记得我在"隔离审查"期间,两三周可以放我回家半天,每次她就炒好一罐雪里蕻,送我回到未名湖的小桥边。我成为"黑帮"时,白天劳动,晚上被关在一座楼里写检查,她就坐在楼下的石阶上,等我回家。我每次治牙,因为我怕痛,她都要陪着我,再三告诉牙医要轻一点。我们在日常生活中虽然偶尔也有些小矛盾,但都能很快化解。用什么话来形容我们五十多年的生活呢?生动、充实、和谐、美满?也许都是,可也许更恰当的应是由于我们性格上的不同所形成的"儒道互补"的格局吧!

我在性格上比较温和、冷静、谨慎，兴趣窄，不敢冒险，怕得罪人。而乐黛云的性格则是热情、冲动、单纯，喜欢新鲜，不怕得罪人，也许和她有苗族人的血统有关。

我们的儿女都在二十世纪八十年代初就去美国读书，后来在那里入了美国国籍；孙子和外孙女都生在美国，他们都成了美国人。为此，我曾写了一篇随笔《我的子孙成了美国人》，文章的大意是说，我们汤家几代都是读书人，也可以说是"书香门第"吧！我总希望我们的后代能继承，但我的子孙们都成了美国人，以后将不会"认祖归宗"了。不免有点悲从中来，这自然是受儒家的所谓"传家风"的影响吧。当我把我的这种想法向乐黛云说后，她却说："他们属于新人类，是世界人，什么地方对他们的生存和发展有利，他们就在什么地方做出贡献，有什么不好！"乐黛云这话又透露出庄子思想的影子，庄子主张"任性""放达"，她认为应该照自己想做的去做。对她的说法，我虽并不赞成，但我也不想反驳，因为儒家讲"和而不同"呢！

乐黛云喜欢求新，在她的一篇文章中对《老子》的"有物混成"做了新解，她说："中国道家哲学强调一切事物的意义并非一成不变，也不一定有预定的答案。答案和意义形成于千变万化的互动关系和不确定的无穷可能性中。由于某种机缘，多种可能性中的一种变成现实。这就是老子说的'有物混成'。"我说不能这样解释吧！《老子》中"有物混成，先天地生"是说"道"这个浑然一体没有分化的东西，先于天地就存在了。乐黛云说："你那个是传统的解释，没有新意。"我说："我们就各自保留自己的意见吧！我不想和你争论，因为我主张'和而不同'。"她说："我赞成孟子说的'物之不齐，物之情也'。我们两个做学问的风格不同，这是由于我们的性格不同呀！"我和乐黛云从来不合作写文章，但人们会发现我们的文章中往往体现着互补性，这是因为"儒""道"在我国历史上本来就是互补的嘛！

记得我们二十世纪七十年代在鲤鱼洲"五七"干校时，我在八连，她在七连。当时七连的连长请我去讲课。在我讲之前，连长先说个没完。乐黛云就急了，大声说："你请人家来讲课，怎么你老没完没了地讲。"当我讲完后，我就向那位连长说："乐黛云是急脾气，你讲的那些都很重要嘛！"因为我怕他对乐黛云发生误解。从我说，表现着儒家主张的"和为贵"的态度；从乐黛云说，她确实有些道家庄子的豪爽。

最近太白文艺出版社出版了一本我和乐黛云的随笔《同行在未名湖畔的两只小鸟》，其中一半是我的文章，一半是她的文章，都是各写各的。但是这本书的序是我写的,她只是改了几个字。在这篇序中有这样一段:"他们今天刚把《同行在未名湖畔的两只小鸟》编好,又计划着为青年们写一本总结自己人生经验的肺腑之作。他们中的一个正在为顺利开展的《儒藏》编纂工作不必要地忧心忡忡,另一个却对屡经催稿、仍不能按期交出的《比较文学一百年》书稿而'处之泰然'。这出自他们不同的性格,但他们就是这样同行了半个世纪,这是他们的过去,他们的现在,也是他们的未来。"

我们的性格那么不同,可是为什么可以和谐相处,在一起生活了五十多年,而且一定会到我们离开这个世界的时候呢?这就是我们家的儒道互补。

辑二

读书与安身立命

人生要有大爱

我喜欢读书,活到七十多岁当然读了不少书,并不是"读书"都有故事可讲。但有时读一本书会影响你的一生,这会是一个美丽的故事。这个故事会让你常常记起,甚至你会一次又一次地向别人讲述。1950年我还是北大哲学系三年级的学生,现在是我妻子的乐黛云,是北大中文系二年级的学生,我们一起在北大青年团工作。有一天乐黛云拿了伏契克的《绞刑架下的报告》给我看,她说:"这本书表现的对人类的爱深深地打动了我,我想你会喜欢它。"这本书是捷克共产党员伏契克在1943年被希特勒杀害前在监狱中写的。这时我大概已经爱着乐黛云了,但还没有充分表露出来。当天晚上我就一口气把《绞刑架下的报告》读完了。书中所表现的对人类的爱、对理想的忠诚,同样使我大为感动。我

把这本书读了一遍又一遍,其中有一段我几乎可以一字不差地背出来:

> 我爱生活,并且为它而战斗。我爱你们,人们,当你们也以同样的爱回答我的时候,我是幸福的。当你们不了解我的时候,我是难过的。我得罪了谁,那么就请你们原谅吧;我使谁快乐过,那就请你们不要为我悲哀吧。让我的名字在任何人心里不要唤起悲哀。这是我给你们的遗言,父亲、母亲和姐妹们;给你的遗言,我的古丝妲[1];给你们的遗言,同志们,给所有我爱过的人们。如果眼泪能帮助你们洗掉心头的忧愁,那么你们就放声哭吧。但不要怜惜我。我为欢乐而生,为欢乐而死,在我的坟墓上安放悲哀的安琪儿是不公正的。

我每次读到这里时,禁不住为这种热爱生活、热爱人类、为理想而献身的精神而热泪盈眶。本来在1949年前,我对真正的生活了解很少,虽然在我心中也有着一种潜在的对人类的爱,但那是一种"小

---

[1] 伏契克的妻子。

爱",而不是对人类的"大爱"。我读了《绞刑架下的报告》后,似乎精神境界有了一个升华,可以说我有了一个信念:我应做个热爱生活、热爱人类的人。由于是乐黛云让我读这本书的,因而加深了我对她的了解,之后我们由恋爱而结婚了。

在这几十年的生活中,在各种运动中我整过别人,别人也整过我,犯了不少错误,对这些我都自责过,反省过。但在我的内心里,那种伏契克式的热爱生活、热爱人类的情感仍然影响着我。人不应没有理想,人不能不热爱生活。

念天地之悠悠

当我渐渐长大,大概到上初中的时候,由于抗日战争,我家从北平迁往昆明。由于中学老师的影响,我开始喜欢读中国的古诗词。我国的古诗词中描写"天"是很多的,我颇爱读这些诗。特别是初中快毕业时,由于和军事教官(当时正值抗日战争,中学生都要受"军训")的冲突,我和几个好友离家出走,后来离开昆明,转入了重庆南开中学。我当时心境很惶惑,不知道人生究竟有什么意义。我开始浏览中国的诗词。记得印象最深、真正感到震撼灵魂的,是陈子昂的《登幽州台歌》:"前不见古人,后不见来者。念天地之悠悠,独怆然而涕下。"我虽然自幼喜欢看天,知道许多关于天的传说和故事,但我从来没有把"天"和自己的生命联系起来,也从来没有把"天"所代表的空间和时间联系起来。陈子昂的诗使我猛然惊醒。人是多么渺小,多么孤独啊!我们见不到过去的人和事,也不知道未来将是何等模样,而天地是永恒不灭的,多少年人世沧桑之后,天地依旧。这首诗给我带来了许多莫名的悲哀。

记得那时我曾写了一首散文诗,名《月亮的颂歌》。其中一段说:"向前的,渐行渐远,看不见了。向后的,渐行渐远,终于超越了我的视线。停留的,发出一道奇光,突然灭了。于是,我有了生命,而一声长啸,在有月亮的夜里慢慢地消失了。"这大概就是我第一次被"自然之永恒和人生之短暂"的感喟所震骇时,第一次深入内心的感受。后来我一直很喜欢同类主题的诗歌,如张若虚的《春江花月夜》:"江天一色无纤尘,皎皎空中孤月轮。江畔何人初见月,江月何年初照人。人生代代无穷已,江月年年望相似。不知江月待何人,但见长江送流水。白云一片去悠悠,青枫浦上不胜愁。"是啊!这一样的江天,一样的明月,是什么人最先见到的呢?这江、这月又从什么时候开始照亮了人间?每次看到天,看到天上的月,这些无法解答的问题都会深深埋藏在我心里,这也许是后来我终身爱上哲学的一个最早的原因吧。

在写景的诗歌中,我也最喜欢关于"天"的描写。因为这种描写总是给人以无限辽阔的时空感觉,无垠而悠远。如李白写的:"孤帆远影碧空尽,唯见长江天际流。"目送孤帆远影在远处消失，唯有浩瀚的长江在无垠的天边奔流！还有"落霞与孤鹜齐飞，秋水共长天一色"，多美啊！绚丽的晚霞与孤独的白色水鸟在水面上逐渐远去，而江上明澈的秋水和湛蓝的天空正慢慢地融为一色。中国的诗又总是很少单独写景，而往往是情景相触，融为一体。因此写天的诗总是给人一种辽阔悠远而又穿透内心、激发情思的美感。如李白的"君不见，黄河之水天上来，奔流到海不复回。君不见，高堂明镜悲白发，朝如青丝暮成雪。人生得意须尽欢，莫使金樽空对月"。这"黄河之水"奔腾而来，转瞬即逝，永不复回。人生也如是，生命有如奔腾的逝水，永不重复，永不停留。看到这样的景色和诗，总不能不想想自己短暂的一生如何度过是好？

苏东坡是我最喜爱的诗人。他的"明月几时有，把酒问青天。不知天上宫阙，今夕是何年？""起舞弄清影，何似在人间？"总是把我和我最爱看的天紧紧相连。我多少次凝望着那深邃的蓝天，探问着、幻想着在天上可能发生的一切。天是多么深不可测，而又难以捉摸啊！那遥远的空间又是如何与时间相接？天上人间都是如此变幻莫测！既然永恒的"天"和它所承载的明月都无法避免"阴晴圆缺"的命运，那么渺小人类的"悲欢离合"又何足挂齿呢？苏东坡的诗常常使我"悲从中来,不可断绝",幸而还有最后的两句:"但愿人长久,千里共婵娟。"往往是想念着亲人,想念着人间的爱,那种"天"所带给我的虚无,才逐渐得到缓解。

还有很多我喜爱的诗也都和情感的抒发分不开。例如《西厢记》里写离别的句子:"碧云天,黄花地,西风紧,北雁南飞,晓来谁染霜林醉?总是离人泪。"天、地、南归的雁、冷冽结霜的红叶、漂泊天涯的游子,无一不在天的笼罩下,渲染着人的悲伤情怀。李白的《秋思》描绘了深秋天气和悲凉心情:"天秋木叶下,月冷莎鸡悲。坐愁群芳歇,白露凋华滋。"鲍溶的《秋思》写道:"季秋天地间,万物生意足。我忧长于生,安得及草木。"第一个"秋"写木叶萧萧下的深秋时令,第二个"秋"写天地间的寥廓空间,都传达了诗人的忧伤。

为自己找个安身立命处

我认为现代新儒家或者自己提出了过高的要求,认为"儒家思想"可以"救世""救人"而"以天下为己任"。当然,如果用儒家思想能做到"救世""救人"是再好不过,可是今日之世界、今日之人心是否可以用儒家思想拯救呢?这点颇可怀疑。但是,儒家思想是否已无用处?我想不是的,它仍有很大用处。它的用处在于儒者可以用以"自救",为自己找个安身立命处。

朱熹在其《答张敬夫书》中与敬夫讨论"中和义"时说:"而今而后,乃知浩浩大化之中,一家自有一个安宅,正是自家安身立命、主宰知觉处。所以立大本行达道之枢要,所谓'体用一源,显微无间'者,乃在于此。"在《中庸或问》第一章中说:"但能致中和于一身,则天下虽乱,而吾身之天地万物,不害而为安泰;

其不能者，天下虽治，而吾身之天地万物，不害而为乖错。其间一家一国，莫不皆然。"我有一个想法，不知是否有些道理。如果把上面引朱熹《答张敬夫书》的话分为两截："而今而后，乃知浩浩大化之中，一家自有一个安宅，正是自家安身立命、主宰知觉处。"这在一个儒者或可以做到；但是否一定能"立大本行达道"，去"救世""救人"，则是另一个问题。当然，历来儒家都有十分强烈的社会责任感、历史使命感，要"以天下为己任"，实现其治国平天下的理想，而且认为"一是皆以修身为本"。可是，我想来想去都觉得儒家对自己要求太多，为什么要对自己提出那么沉重的使命呢？因此，我觉得在今天，儒者或者只需为自己找个安身立命处就可以了。

但是这样一来，是不是会有人说，如果世道人心不好，你如何能为自己求得一安身立命处呢？这确实是一个问题。不过，如果我们能如朱子所说，"致中和于一身"，天下之治乱，对我来说并不妨碍自己有个安身立命处，这就看自己如何要求自己了。

历来儒家认为，生死、富贵不是能靠自己的力量追求到的，而道德学问是可以靠自己的努力追求到的。现在，我想还可以加上一点，即社会的治乱、兴衰也不是能由儒家的"一是皆以修身为本"可以左右的。从历史上看,我们那么多大儒都"以天下为己任",都希望靠他们的道德说教而实现一个理想的和谐社会。但是,理想的和谐社会从来没有出现过,这虽然非常遗憾,而它不仅是事实,且必然如此。所以人们才把孔子称为"知其不可而为之"的空想家,把孟子视为"愚论"的幻想家。因此,我想我们是不是应为自己找一个更切合实际的目标。近期偶然读到潘尼的《安身论》,觉得有一些道理,现抄录两段,请诸君子看看是否可取:

> 盖崇德莫大乎安身,安身莫尚乎存正,存正莫重乎无私,无私莫深乎寡欲。是以君子安其身而后动,易其心而后语,定其交而后求,笃其志而后行。

> 故寝蓬室,隐陋巷,披短褐,茹藜藿,环堵而居,易衣而出,苟存乎道,非不安也。

上引两段,或者有人也认为它仍有"以天下为己任"的影子。我想,也不能说全然没有,但是我们可以不做那样的理解,而只是将其作为"求自家一个安身立命处"来解释。我们只能做力所能及的事,至于世道、人心那是很难管的。对世道、人心,我们虽然管不了;但是这个"世",这个"人群"又少不了你,因为从整个现代社会说，作为"士"的儒者是进不了中心的，而很可能越来越边缘化。在这种情况下，我们既要做儒者，我想那就只能自己找一安身立命处，做一个有道德有学问的人，就可以了。

此短文虽是有感而发，但或为"真言"。

涵养须用敬，进学在致知

"涵养须用敬，进学在致知"，是宋朝理学家程颐说的两句话，后来朱熹在晚年对这两句话做了重要的发挥。前面一句话说的是德性修养问题，后面一句话说的是学问取得问题。道德修养应该是恭恭敬敬、诚心诚意的；而学问应该是日积月累，不断地取得知识。在儒家看来，道德和学问这两方面是分不开的，所以朱熹在《与孙敬甫书》中说："程夫子之言曰：'涵养须用敬，进学在致知。'此两言者，如车之两轮，如鸟之两翼，未有废其一而可行可飞者。"我们知道，儒家学者认为"生死""富贵"不应是人们追求的目标，而道德和学问的提高才是人们应该追求的，孔子说："德之不修，学之不讲，闻义不能徙，不善不能改，是吾忧也。"（《论语·述而》）这里孔子也是把道德和学问联系在一起的，他认为不修养道德，不渴求学问，是他最为忧虑的。因此，"为学"与"为道"应是统一的过程。程子说："识道以智为先，入道以敬为本。"对于宇宙人生的道理有深刻的认识要从"为学"入手，而要达到对宇宙人生有完整的体悟，那就要以诚敬为根本了。这就是说，儒家的"为学"是为了"为道"，即为了实现其理想的人生境界。

人总是应对社会尽他应尽的责任，应有一种使命感。自古以来，中国就有"三不朽"之说："太上有立德，其次有立功，其次有立言。虽久不废，此之谓不朽。"人的生命虽然有限，但其精神可以超越有限以达到永恒而不朽。明朝的儒者罗伦有言："生而必死，圣贤无异于众人也。死而不亡，与天地并久，日月并明，其惟圣贤乎！"这就是说，"为学""为道"的圣贤之所以不同于一般人，只在于他们生前能在道德、事功和学问上对社会有所建树，虽死，其精神可"与天地并久，日月并明"。看来，儒家非常重视个人道德学问的提高，孔子说："人能弘道，非道弘人。"（《论语·卫灵公》）高尚的社会理想和完美的人生境界要靠人的"修德进学"来使它发扬光大，如果人不努力提高道德学问，"道"并不能使人高尚完美。

"涵养须用敬，进学在致知"，说明从中国文化的传统看,"道德"和"学问"是不能分开的,这点应对我们有所启示。"学问"再高,如果不注重道德修养,这样的人也不可能成为社会的榜样。今天我们弘扬中国传统文化,也许在努力"进学"的基础上更应该注意把道德的修养和学问的提高统一起来,这样才可以无愧于天地之间。

生活在非有非无之间

写完"我的学思历程"之后,我决定用"在非有非无之间"作为书名,我深深地感到要真实而又成功地写出自己六十多年走过的道路是很困难的。我所生活的这几十年,是中国社会发生巨变的极其动荡不安的几十年,到现在为止,我们大概都还不能清楚地描绘这几十年发生的种种问题的前因后果。特别是自1949年后,中国大陆社会政治生活中发生的事件,有许多又是常理难以说得通的,有许多政治上的"阴谋"与"阳谋",这不是我们这些书生所能破译得了的。有些事件,也许我大体上能推测出其中奥妙,但我又不能把它写出来,"祸从口出"的阴影到现在仍然不时地笼罩着我。因此,在我的这本书中就有些地方写得简略了,这就得请读者谅解。

这十多年来,我常与海外学者交往,其中有些只见过一两次面,随便聊聊,有些却多次交往,是相当熟的朋友了。我在和他们的交谈中,总感到他们对大陆学者在半个世纪以来的处境和思想变化的原因缺乏了解,可能是因为他们也有他们的局限吧!不少海外学者一方面对我们如何在精神和物质那么困难的条件下仍然能做研究感到惊讶,另一方面又对像我这样的知识分子为什么能接受一次又一次的政治批判,而真心地或违心地做"自我检查"感到迷惑。我想,这样的问题是很难用简单的道理说明白的。这里我只想用禅宗的一句话——"如人饮水,冷暖自知",没有身临其境的人是不可能有体会的。我曾在一篇题为《在自由与不自由之间》的短文中说道:大陆知识分子都是经过"忠诚老实运动""知识分子思想改造运动""向党交心运动""斗私批修运动"等一系列的"灵魂深处爆发革命"的运动而被迫失去了"自我"。但我并不因此抱怨,因为这不是我一个人的遭遇,而且现在许多知识分子正在做着找回"自我"的努力。

我用"生活在非有非无之间"作为我这本书的题目是有所考虑的,我在每章最后大体都做了一些与本书题目有关的说明。这里我还要特别提一下,在第五章中我引用了《庄子·山木》中的一个故事,但我只是叙述了大意,并且也不是完整引用,现在我把原文抄在下面,再做一些解释:

庄子行于山中，见大木，枝叶盛茂，伐木者止其旁而不取也。问其故，曰："无所可用。"庄子曰："此木以不材得终其天年。"夫子出于山，舍于故人之家。故人喜，命竖子杀雁而烹之。竖子请曰："其一能鸣，其一不能鸣，请奚杀？"主人曰："杀不能鸣者。"明日，弟子问于庄子曰：昨日山中之木，以不材得终其天年；今主人之雁，以不材死；先生将何处？"庄子笑曰："周将处乎材与不材之间。材与不材之间，似之而非也，故未免乎累。若夫乘道德而浮游则不然……"

"乘道德"，林希逸《南华真经口义》谓顺自然。我曾套用"处于材与不材之间"而提出人（特别是知识分子）往往是生活在"自由与不自由之间"，而中国大陆学者更是处于"有我和无我之间"。我们一生中能真的有个"自我"吗？真的不能认识"自我"吗？我的回答是"不能"和"不能说不能"。"不能"是"非有"，"不能说不能"是"非无"或"非非有"。我常常想，很可能所有的人都生活在"非有非无之间"，因为没有一个人可以完全掌握他自己的命运，可以完全随心所欲地做他想做的事，但是他总是能生活下去，企图找回"自我",认识"自我",不过由于处境不同,他们生活的方式和追求的目标也不同罢了。这就是生活,是真实的而不是虚构的生活。从主观上说,你对自己的生活道路可以有所选择;但从客观上说,你对你的生活道路又不可能有所选择。所以人应该学会"在自由与不自由之间"生活,"在非有非无之间"找寻"自我",照我看就是庄子的"顺自然"。不过在这里,我打算给庄子的"顺自然"一个新解,这就是:超越自我和世俗而游于"非有非无之间"。

自由的层次

关于"自由",我们至少应考虑两个问题。一个是"自由"有不同的层次;一个是在"自由"之中,有"个体"和"群体"的关系问题。或者我们对这两个问题都没有搞清楚,并不是"自由"本身发生了问题;或者是"自由"和"民主"本身不可避免地要由上述两个问题产生种种毛病。"自由"至少可以分为三个层次,就是思想自由、言论自由和行动自由。思想是可以完全自由的,而行动和言论的自由不能不受到某种限制,一旦受到限制,思想、言论和行动之间就会产生矛盾。思想从原则上看,应是可以绝对自由的,而思想的完全自由正是为人类的创造力提供前提。我可以想,如果我不说出来,谁也不知道,没法限制它。过去,我们曾经做过不少傻事。要你交心,要你把思想中的东西都交出来。

其实是不能交出来的，交出来的东西是骗人的，不是他真正想的。冯友兰教授在"文化大革命"中，几乎每天有红卫兵来斗争他，要他承认错误，承认他是最大的"尊古派"。当时他心里想什么呢？他后来告诉我，那时他心里默念几句禅宗的话："菩提本无树，明镜亦非台，本来无一物，何处惹尘埃。"所以，你批我白批，我心里想的和我说的完全是两回事。思想是可以绝对自由的，这在原则上是可以的。因此，交心没法判定他是真是假，言论、行动的自由却不能不受到某种限制，因而言论、行动和思想之间不能不发生矛盾。而思想的完全自由正是为人类的创造力提供动力，没有思想的自由就不可能有现代的科学理论和社会理想。

北大的传统是什么呢？有的领导讲是革命的传统、爱国的传统。这的确不错，我们北大一直是有着革命的、爱国的传统的。但这样讲是非常一般化的。就我们中国人讲，都有革命的传统、爱国的传统，不像汪精卫那样。但北大作为一个大学，它有没有一个特殊的传统？作为北大的特殊的传统，就是学术自由，没有学术自由，就没有北京大学。讲一个一般的传统很容易，但北大之所以为北大，就是因为它有这样一个特殊的传统。有一段时间，批判蔡元培，说蔡元培的"学术自由，兼容并包"是错误的。我想，如果把蔡元培的"学术自由，兼容并包"批掉的话，就没有北京大学了。北大的可贵之处，就在于它有学术自由，之所以今天我可以这样讲，也是因为它有学术自由。没有思想的自由，就没有科学的理论和社会的理想，包括马克思主义。

马克思主义是在十九世纪时的资本主义那个条件下提出来的，这是因为马克思有自由思想。没有自由思想，他的理论也出不来。但我们并不能把自由思想的结果全部转化为言论和行动，也绝对不可能把自由思想的结果全部转化为言论和行动，因为它要受到一定的限制。不过，自由思想不能见诸言行，就不会产生一定的社会效果，这样会扼杀人们的创造力。这就形成了矛盾。这种矛盾为什么会产生呢？我想，思想是纯粹个人的事，只要它不付诸言行，就不会对社会产生什么影响。但言论与行动就不仅是个人的事情，表现出来的言论和行动就会影响他人和社会。因此，在"自由"问题上，就涉及了"个体"与"群体"的关系问题，这就是自由的第二个问题。

由于有"群体"和"个体"的关系，就有了一种意见，所谓"个人的自由必须不妨碍他人的自由"的原则。但我们仔细想想，这个原则是非常抽象含糊的。什么叫"不妨碍他人的自由"呢？没有一个非常明确具体的规定。特别是"自由"，它必须强调个人的意义、个人的价值，难免造成"公说公有理，婆说婆有理"的状况。人们可以利用"自由"的模糊性，造成社会的不平等和混乱，这也不一定是"自由"本身所引起的，也可以是对"自由"的错误理解或误导引起的，情况是不同的。那么，如果把一个国家（或民族）作为一个个体放在整个世界这个群体中看，那就往往有的国家（或民族）利用"自由"的模糊性强调它的国家（或民族）的意义和价值，因而造成世界和地区的混乱。在日常生活中的"自由"度越来越大，越来越个体化，而同时，造成了人们生活越来越多样化，极端的个体化反而造成了人与人之间关系的模糊化。这样，"现代"理论所具有的明晰性、确定性、价值的终极性、理论体系的完整性等等全被冲垮了。

因此，"自由"对人类社会的发展是非常重要、非常可贵的，它是现代社会的标志。但"自由"之误导也会造成种种弊病，特别是在现实的生活中，很难不发生种种问题。现代社会（现代西方社会）在经历了两个世纪的发展之后，它们的毛病表现得越来越明显。个体自由的强调，一方面调动了人的巨大的创造力，但另一方面，也导致了人与人之间的互不了解和隔膜。因此，近日在西方又出现了所谓"后现代"的理论。"后现代"理论开始出现在文学理论上，后来也成了一种文化理论，它涉及哲学、社会学、神学、教育学、伦理学、美学等各个领域，而且众说纷纭。尽管"后现代"理论众说纷纭，但它无疑是对"现代"理论的否定。

如果我们从"后现代"理论看现代社会"自由"和"民主"的种种观念，可能是由于现代社会对个人的强调，每个人都成为孤立的个人，这也表现在社会分工越来越细。可是又由于现代社会已进入信息时代，又使得人与人之间虽然在精神上是孤寂的，但在日常生活中的联系却越来越紧密，这就是说，极端的个体化反而造成了人与人之间关系的模糊化。"后现代"和"后现代理论"是两回事，当然"后现代理论"应该是说明"后现代"现象和解决"后现代"现象存在的问题的。可是现在，对西方的"后现代"现象的特征的描述可以说是五花八门，因此，"后现代理论"也必定是众说纷纭。但不论如何，"后现代理论"的产生，还是针对现代社会的未来走向而出现的一种思潮。正是由于西方社会出现的这种由极端个体化而造成的模糊化，"后现代理论"具有追求不确定性、无序性、反中心主义、随意性和反文化传统的倾向。

中国知识分子的特点

中国知识分子与其他国家或民族的知识分子相比有什么特点呢?这个问题也是很难弄清楚的。因为当你说什么什么是中国知识分子的特点,一定会有人说某某国家或民族的知识分子也有如此如此的特点。这样来讨论问题是很困难的。因此,我们只好撇开不去管它。我们只能先假定什么什么是中国知识分子的特点,然后据此以说明问题。照我看,中国知识分子的共同特点是社会责任感、历史使命感太强,以至于往往由"不治而议"走向"治而不议"的官宦道路。当然这也没有什么不好。不过这样一来,原来"知识阶层中的分子"很多都自动或被动地脱离了这个"阶层"。由"士"而"仕"成为中国知识分子的正途。也许会有人说,中国知识分子也并非都如此。当然,任何事都是相对的,不能一概而论。不过中国知识分子的社会责任感和历史使命感特别强烈总是真的,就像老庄和受老庄思想影响的人(如嵇康、阮籍等)实在也是有着"救世"的要求的,但他们大多因为"恨铁不成钢"而消极遁世了。总的来说,正是中国知识分子的"责任感"和"使命感"塑造了他们积极入世的人生态度。

在中国传统思想中有所谓"内圣外王"的说法,许多大思想家都认为这是中国文化或中国哲学的精神所在。而这"内圣外王之道"是基于什么样的思想提出来的呢?"内圣外王之道"最初或见于《庄子·天下》。从《天下》所讲的"内圣外王之道"那段话看,讲"内圣外王之道"也是为了"治世"。从儒家传统看,更是据"圣人"最宜于"为帝王"提出来的。《墨子·公孟》有一段记载:"公孟子谓子墨子曰:'昔者圣王之列也,上圣立为天子,其次立为卿大夫,今孔子博于《诗》《书》,察于礼乐,详于万物,若使孔子当圣王,则岂不以孔子为天子哉!'"这段话包含着两个重要观点:(1)"圣人"应该是"博于《诗》《书》,察于礼乐,详于万物"的人,即他应是道德学问最高的人;(2)"圣人"或许是最宜于做"帝王"的人。到战国末期,荀子的弟子歌颂他的老师说:荀子"德若尧、禹,世少知之""其知至明,循道正行,足以为纪纲,呜呼,贤哉!宜为帝王"。

圣人最宜于做帝王吗？这是很可怀疑的。就一方面说，圣人如果做了帝王，社会政治是否真能按照他们的理想得到改造？我以为这是根本不可能的。这中间最大的危险是把政治道德化，从而美化了现实政治。就另一方面说，如果道德学问最高的人当了最高统治者，或者有道德学问的人都去从政，那谁来"不治而议"呢？这样整个社会将成为一个得不到有道德和学问的人的批评和建议的社会了。

从中国历史上看，正因为孔子和荀子没有成为帝王，中国社会才有这样有学问和道德的圣贤。孔子到汉朝才被帝王封了一个"素王"，一个没有王位的"王"，这也不过说他是一个"不治而议"的"哲王"。一个社会有没有这样一个"不治而议"的阶层是很不一样的。一个社会给这个"不治而议"的阶层以充分自由，这个社会必然是有活力的；这个社会中的知识分子能较好地保持其"不治而议"的特性，那么这个阶层对社会的意义就越大，他们将成为给社会发展指出方向的一种力量。可惜在历史上中国知识分子中最有道德和学问的人常常自己想当帝王，或者帮助别人去当帝王。这样就使中国知识分子在社会上作为一个自觉的集团的作用大大受到限制，从而很难形成一种知识分子的独立的群体意识。

我无意否定中国历史上的"士"，对那些真诚地要肩负起社会责任和历史使命的先圣先贤，我是敬仰的。而对他们那种"知其不可而为之"的精神，追求崇高的"真善美"统一的人生境界和理想社会的抱负，我更是钦佩的。这种"知其不可而为之"的精神，我认为也应是我们中国知识分子所继承和发扬的。中国古代的知识分子由"士"而"仕"的目的虽不尽相同，但或成"乡愿"或成"烈士"，总是悲剧。我不认为人类社会有一天真的会成为中国古代圣贤们理想的圆美和谐的"大同社会"，但作为知识分子总应去"追求"。"追求"是一回事，能否"追求"得到又是另一回事。所以中国知识分子中具有最高境界的人（即那些先圣先贤）总是乐观的，同时又是悲观的。就其孜孜不倦的追求说，必须是充满信心的、乐观的；就其追求的目标是"知其不可而为之"的理想说，又只能是无可奈何的、悲观的。现实到理想也许永远存在一条不可逾越的鸿沟。事情难道不正是这样吗？

寻找溪水的源头

经历了十余年紧张的阶级斗争,我们仍然热爱大自然,没有放弃追求宁静的田园生活——那是1962年,严酷的斗争似乎有点缓和,"大跃进"的狂热已经过去,全国人民似乎松了一口气。我们的家庭生活也轻松了许多。父亲的病因长期调养,病情较为稳定,在病中不断发表学术研究的成果,妻子乐黛云的右派帽子经过三年劳动锻炼,初步摘掉了。她被分配回北大,在资料室做古典文学的注释工作。我们的生活平静了许多。在此期间,由于教学需要,给了我较多时间,再研读中国哲学的典籍文献。我们全家的生活和全国人民一样短暂地得到了一个休养生息的机会。

自儿女出生后,由于我和乐黛云都忙于各种政治运动,很少有时间照顾孩子们,现在可以有一点时间和儿女在一起,对这一点上天的赐予,我们十分珍惜,不会轻易放弃。我们在这年春夏之交,常常带孩子们去香山或卧佛寺等地郊游。我们和孩子都更喜欢卧佛寺及其深处的樱桃沟。我们多次乘公交车到卧佛寺站下车,再走一公里到卧佛寺的殿门。这一公里小路两边长着很多野草,我们沿路教孩子们玩一种斗草的游戏。北京孩子管这种游戏叫作"勒崩将":两个孩子各拿一根顶上分为三岔的小草,挽成一个活结,这便是草鸡的头,自己的草从对方草鸡头下的项圈中穿过,双方使劲一拉,一方的草鸡头会被拉断,被拉断的一方就是输方。我们一路走着,一路玩这种游戏,孩子们很高兴,我们也很高兴。在这条路的中段,有一个让人们休息的长亭,上面爬满了藤萝,我们常在这里小憩,喝一点水,吃一点东西。孩子们不休息,总是围着长亭乱跑,汤双喜欢摘些野花野草编成花环扣在姐姐汤丹头上,说姐姐真美!

我们走进卧佛寺大门,直奔安睡的卧佛,一鞠躬就匆匆离去。寺内有两个水池,水从卧佛后面的小溪流入。两个孩子都有同样的好奇心,想弄清楚溪水是从哪里流出来的。他们曾问过寺里的僧人,僧人告诉他们是从樱桃沟流过来的。于是,樱桃沟就成了他们执意要去的地方。

一天,我们终于向樱桃沟出发。一出卧佛寺后门,就看到一条小河，小河的一条支流就是卧佛寺池塘的源头。我们沿小河上行，见到一座小桥，桥下的堤坝形成两个小型水库。我们过桥来到小河的左岸，看到一个小园。这个小园别有风格，是用竹子围起来的一方小天地，名叫"周家花园"。园内有几间青砖瓦房，院子里有几张方桌方凳，可以在那里喝茶。我们走进园子，要了一壶茶。我们慢慢地饮茶，观赏着周围的竹子和小草花。茶和我们平时喝的很不一样，有着竹叶的清香和苦甜。我们问送茶的小青年这是什么茶，他说是用香山竹叶和北京香片混合自制的。我们又问他樱桃沟还有多远，他说还有两三里路，但后面没有什么像样的路，只能沿着溪水岸边的石子路走。喝完茶，我们就从溪水的左岸往上走，一路都要踏着大大小小的石块前行。两个孩子脱了鞋袜走在慢慢流着的溪水里，又笑又叫，十分快乐，这也让我和乐黛云感受到什么是真正的快乐，而过去发生过的苦恼也都随之烟消云散。我想只有亲近大自然，像陶渊明所说的"纵浪大化中"，才能得到这样的精神享受。

　　走了一个多小时，我们终于来到了樱桃沟。其实这里只是一个乱石岗，到处是打碎的砖头瓦块，杂草丛生。奇怪的是溪水尽头却有一个亭子比较完好。走近亭子，看到亭柱上一副对联，上联"行到水穷处"，下联"坐看云起时"。我和乐黛云坐在亭子里欣赏着周围的山色,享受着这难得的半日悠闲。

记得许多年后,我去武夷山时,不禁想起樱桃沟的情景。武夷山有两座山峰,一座叫玉女峰,一座叫大王峰,万山丛中有一个去处叫云窝,坐在云窝的茶座喝茶,看到云气从那里冉冉升起,靠近山峰就化为小雨,这使我想起樱桃沟的"水穷处"和"云起时"。世事变化无穷,前事的景象消失了,又会有新的景象产生。是祸是福,无从测知。我们数十年的经历何尝不是如此?

两个孩子在乱石岗中跑来跑去,找好看的小石子。女儿忽然大喊:"爸爸妈妈,这里有块大石头,上面还刻有字呢!"我们一看,原来是一块残破的石碑,上面刻着"无为周居士",这下子引起了我们的兴趣,也跟着孩子们在乱石岗中寻找,希望发现点什么奇迹。这时女儿又大叫:"我又找到一块有字的碑,你们快来看看!"我们过去一看,残碑上面刻着的是"莫愁陈夫人"。这无疑是一对具有我国传统文化素养的夫妇留下的遗迹。"无为"使我联想到一个争论了几千年的哲学问题,到底是无为具有普遍价值,还是有为具有普遍价值?这是一个永恒的哲学问题。但是,"莫愁"的确对每一个人都是可解的。一切顺应自然,自可莫愁而得大自在。

在这乱石岗中,溪水似乎戛然而止,但溪水是从哪里来的呢?我们发现原来溪水是由周围山上的细流汇成的。这就是说溪水已断而又未断，溪水尽头已不是溪水，但溪水之水仍是溪水之水。世事茫茫如电影之画面，不过是拉长了的电影胶片，一帧过了，另一帧又出现。它是连续的，又是断裂的，所以说昔不至今，过去发展到现在，就不是过去了！我们生活的世界是真实的世界，还是虚拟的世界？到底溪水有无尽头，就像宇宙有无尽头一样。这又是一个哲学问题。

生与死

生死问题是各个民族的哲学、宗教、伦理、医学等都要讨论的问题,而且在各民族的文学、艺术作品中表现生死问题的主题也非常之多。一个中国人对生死问题如何看待,自然会受到其传统文化的影响。我作为一个生活在二十世纪已经七十年的中国老年知识分子,除了非常深刻地受到中国传统文化影响之外,当然也不可避免地受到西方文化(包括马克思主义)的影响。

我是如何看待生死问题的呢?回答这个问题很困难,因为在我人生的七十年中,中国社会经历了非常大的变化,我个人的生活和思想也随之在不断变化之中。但我想,无论如何变,从我有了这个"生死问题"之后,在我对这个问题的看法中总会透露着受到的中国传统文化的影响,有时明显些,有时隐蔽些,这些都是无关宏旨的,总之,影响是深深的。

把"生死问题"提出来写成一本不仅给中国人看,而且也要给外国人看的小书,我踌躇了很久,感到很难下笔。经过长时间的思考,我打算从我自己对"生死问题"看法的历史过程来写,也许会给读者一些具体的印象,并能通过这些具体的印象来了解一个中国人对"生死问题"的看法,如果通过我对"生死问题"的看法的不断变化,能了解中国社会的变化以及中国传统文化对这一问题的种种不同观念,那也许更有一点意义了。

我是从哪里来的?

我想,一个四五岁的孩子大概不会去考虑"死"的问题,却会对"生"提出问题。我记得,在我四五岁时,常常会问我的母亲:"我是怎样生出来的?"母亲往往是避而不答。但孩子的好奇心促使我不断地提出这样的问题。母亲就回答我说:"你是从我的肋下生出来的。"于是我也就深信不疑了,以为"生"就是如此"生"了。后来我渐渐了解到,中国的母亲一般都是这样来回答自己幼小的子女的。这是为什么呢?

照中国的传统习惯,有关男女之间的"性"的问题，父母是不应对自己的幼小子女讲说的，因为男女之间的性生活以及孩子是如何由父母的精子与卵子构成等，都被认为是"不洁"之事。我想，这种思想大概是由于长期的民间风俗习惯所导致的，但也可能与儒家"礼教"的影响有关。

我们知道，在中国历史上一直有所谓"感生"故事，用现代的话说就是所谓"无性生殖"。汉朝的许慎《五经异义》引《春秋·公羊传》说："圣人皆无父，感天而生。"意思是说，圣人没有父亲，只有母亲，他的母亲感应大自然的灵异而生圣人。例如，在中国的传说中，伏羲氏是因他的母亲踏到了一个大脚印而受孕出生的，帝尧的母亲由于感应到赤龙而生尧。像这种神话传说故事在中国古代文献中有不少记载。这无非是为了把历史上的（或传说中的）圣人神化。此类神话传说故事，在民间的影响就是把男女之间的性交之事回避了，而不愿孩子们过早地了解男女的性交话题。

中国的神话和传说虽然不如西方丰富，但它却有其自身的特点。或者是把历史上的人物神话化，如上面说的帝尧之母感赤龙而生尧；或者把神话历史化，《庄子》中记载了不少神人，这些神人渐渐在历史文献中似乎就变成真人真事了。特别是在儒家思想影响下更是如此。例如，在《纬书》中，圣人孔子就被加以神化，似乎成了无所不能的神人。

小妹到哪里去了？

我原来有两个妹妹。一个我叫她大妹，比我小一岁多；另一个我叫她小妹，比我小三岁。在我六岁时，小妹因患痢疾死去了，是死在医院里的。在小妹住院期间，我也去看过她一两次，但常常是母亲一人去看她，因为怕我被传染。因此，我常常问母亲："小妹什么时候回家？"母亲总是回答："她的病快好了，过几天就回家。"后来，母亲常常哭泣，我不知为什么，当再问她"小妹什么时候回家"时，母亲对我说："小妹不回来了，到天上享福去了。"这是我最初接触关于"死"的问题，当时我觉得"死"并不可怕，不过是到另外一个比我生活得更好的地方去了。

中国古代的文献中有不少关于"死"后到另一世界的记载。最早的记载也许是在古代的诗歌集《诗经》中，其中有一首诗叫《大雅·下武》，文中有一句"三后在天"，是说周武王的前三代太王、王季、文王，说他们死后魂灵都到天上去了。《神仙传》中记载着一段故事说，汉初的淮南王刘安服食了仙药，并把药倒在他的房子周围，这样不仅他自己而且他房子里的鸡犬也一起升天了。1973年，长沙马王堆出土了一批重要文物，其中有一张帛画，上面画着三重世界，最上重似乎是天上，中间一重似乎是人间，最下一重似乎是地下（但并不像后来那种可怕的地狱），每重世界里都有人物。我们知道在汉朝的文献中已说人有"魂"和"魄"，在人死后"魂"归于"天"，"魄"归于"地"，我想那幅帛画大概是反映这种思想。

在我国的古代文献记载中，许多英雄历史人物或传说故事中的人物，如黄帝、老子、真武大帝、魏华存（女仙人）都有"白日升天"或死后到天上世界的故事。传说中，中国人的始祖黄帝在涿鹿和另一部族领袖蚩尤打了一仗，并且取得了胜利，据《史记》记载，黄帝为了庆功，在荆山脚下铸了一个宝鼎。鼎在中国是权力的象征。为了祝贺宝鼎铸造成功，黄帝召开了盛大的庆功会，天上诸神和八方百姓都来祝贺，热闹非凡。在庆功会的仪式进行过程中，从云中探下来一条大尾巴，黄帝知道这是来迎接他上天的，就抓住这条神龙的尾巴，上到龙背，升上天了。所以在中国古书上常常把"死"解释为"归"，也就是说"死"无非是"归天"罢了，并不可怕。

我们如果读《庄子》或《列子》就可以读到，庄周和列御寇这类的思想家把"生死"看成无非是气聚和气散，气聚就生成为人，气散而死归于"太虚"。东晋时张湛在《列子·杨朱篇》注中说："夫生者，一气之暂聚，一物之暂灵。暂聚者，终散；暂灵者，归虚。"张湛认为，有生命的东西（或者说在现实世界中存在的东西）只是气的暂时聚合。暂时聚合的东西终究要消散；暂时有精神生命的东西终究又会回到"太虚"之中。张湛还进一步认为，人如果了解了"暂聚者，终散；暂灵者，归虚"，那他就对"生死"的问题有了正确的认识，而不会去执着生灭聚散的现实世界中的一切，而可以超脱生死，也不会对"死"有所恐惧了。而庄子也认为，"生"是气之聚，"死"是气之散，因此人对"生死"的态度应该是"生时安生，死时安死"。这种中国传统的思想看法，往往也影响着一般人对"生死"的看法，认为"死"是"归天"，或者是到天上去享受比人间更美好的生活。

人是不是能像花草一样再生？

我和大妹从小在一起玩，她很喜欢向我提一些有意思的问题。大妹并不聪明，读书平平，但有时会有些奇想。1939年年底，由于抗战的原因，我们从北京（当时叫"北平"）迁到云南省，开始住在离昆明市百余里的宜良县，为的是躲避日本飞机的空袭。宜良风光秀美，民风淳朴，至今回想起来，我仍然非常向往那个地方。大妹养了几只小鸡，她天天自己喂它们，但不久小鸡因感染瘟疫死了。大妹自然非常伤心，一个人坐在院子里哭。我对她的各种安慰都没有用，例如把我最喜欢的铅笔刀送给她——这是她平时想要也要不到的——也无济于事。后来她突然停止了哭泣，并且对我说："小鸡是不是会像花草一样，今年死了，明年还会长出来？"当时我想也没想就回答她说："小鸡明年还会再生出来。"

我们那时都还只是十岁刚刚过的孩子，但这种"再生"的观念可以说早已根植在我们思想之中了。我记得，早在北平时，我们家的车夫老李常常给我和大妹讲故事，他讲的故事大概都是看京戏或看中国古典小说得来的。在他给我们讲的众多故事中，有一个深深印在我的心中。这个故事的大意是说：有两个秀才死后到阴间，阎王爷出题考他们，题目是"一人二人，有心无心"。这两个秀才中的一个在答卷上写道："有心为善，虽善不赏；无心为恶，虽恶不罚。"意思是说，一个人故意做好事，虽然做了好事也不应受到奖赏；一个人无意做了不好的事，虽然做的事不好，但也不应受到处罚。考官们都认为他回答得很好，于是阎王爷就下令说："现在河南某地缺一个城隍，你去吧！"这个秀才哭着对阎王说:"你的好意,我不敢推辞,但我家有老母还在,没有人奉养,请准许在老母百年之后,我再去河南当城隍,可不可以?"阎王就让他的臣下去查"生死簿"。一查,上面就有这个秀才的母亲,还有九年阳寿。在阎王和他的臣下犹豫不决时,关帝说:"我看,就让这个秀才多活九年吧!"并且对那个秀才说:"你本来应该立刻去河南当城隍的,现在考虑到你一片孝心,给你九年假,到期再召你赴任。"于是,这个秀才就骑着马回家了。到家,好像从一个梦中醒过来,而实际上他已死了三天。他母亲听到棺材里好像有呻吟的声音,打开一看,秀才活了。九年后,秀才的母亲去世了,秀才跟着也就死了。由于秀才在生前把他死后到地府去了一次的事记载下来,我们才知道原来他有这样一番经历。车夫老李讲的这个故事见于《聊斋》,而且他省略了一些细节。我想,这个故事大概是老李听别人讲的,他不见得自己看过《聊斋》。我们知道,在中国古代大概没有"再生""转世"这类观念,应该是在印度佛教传入中国后,受"轮回"思想的影响,才在民间和小说故事中出现的。这种故事虽然没有多大哲理性,但是在民间对"劝善惩恶"却能起一定作用。

在汉朝佛教传入之前,"再生""转世"的观念在文献中没有什么明显材料记载。关于"劝善惩恶"的观念也不相同。在中国先秦的《周易》中有"积善之家必有余庆，积不善之家必有余殃"。中国传统原来只讲现世受报应或子孙受报应，而不讲"来世"受报应，因此在汉朝以前中国没有"来世"的观念，只是在佛教传入中国后，"三世报"（过去、现在、将来）才对中国社会观念产生影响。例如东晋时著名的和尚慧远在《三报论》中说："经说业有三报：一曰现报，二曰生报，三曰后报。现报者，善恶始于此身，即此身受。生报者，来生便受。后报者，或经二生三生百生千生，然后乃受。"这里把"善恶"问题和这辈子或下辈子、下下辈子以至百千辈子以后受到报应的问题联系了起来。如果人不能"修善止恶"，就要永远在轮回中受苦。所以印度佛教的因果报应之说的中心问题在于轮回，而轮回则与"来生"问题有关。

在中国古代虽有报应说，但无"来生"观念。道教是中国本民族的宗教，但它成为一种正式的宗教是在东汉佛教传入中国以后。道教有一部最早的经典叫《太平经》，其中有批评佛教的地方。在这部道教经典中提出与佛教"轮回"观念很不相同的"承负说"。《太平经·解承负诀》中说："力行善反得恶者，是承负先人之过，流灾前后积来害此人也。其行恶反得善者，是先人深有积蓄大功，来流及此人也。"意思是说，前辈人所行善事或恶事，在他活着的时候没有受到报应，而当他死后将会由他的子孙受到报应。这种"承负说"是和上面引用的《周易》中"余庆""余殃"的说法一致的。不过后来佛教在中国影响越来越大，到隋唐以后有些道教的派别也接受了"轮回"和"再生"的学说。

这里我们还要讨论另一问题，这就是道教中原来虽然没有"再生"的观念，但确有一种与其他宗教很不相同的观念，这就是"长生"的观念。对"长生"可以有两种解释：其一，"长生"是说"长寿"，认为人可以活得很长很长，如传说中有彭祖活了八百岁等；其二，"长生"是说"长生不死"。道教是一种认为人可以长生不死的宗教。在道教正式建立成为宗教之前，战国时期已有所谓神仙方术之士，他们企图用种种方法解决人的"长生不死"问题。像秦始皇这位统一六国、建立秦王朝的君主也相信人可以长生不死，他曾听信方士之言，派人到海外三神山求长生不死的药。汉武帝也相信了方术之士李少君的话，派李少君为他炼制长生不死的药。道教实是继承了神仙家的这种思想，追求"长生不死"。如果说世界上其他许多宗教讨论的是"人死后如何"，那么道教却是一种讨论"人如何不死"的宗教。由于追求"人如何不死"，道教特别注重人的身体和精神的炼养，从而有所谓"外丹学"和"内丹学"。道教所追求的"长生不死"的目标当然是不可能达到的,但为了炼养身体和精神的"外丹学"和"内丹学",对中国的化学、药物学和气功养生术的发展却起了重要作用。

我大妹的关于"再生"的问题,看起来是个幼稚可笑的问题,但却涉及了中印文化之不同,可见小孩子的问题中也可以有大学问。我的大妹在十五岁时因患肾炎而离开了人世。她的死,使我产生了一种孤独的忧伤。这时我已知道,大妹不会"再生",就像花草一样,今年开的花、长的草枯死了,到明年再开的花、再长的草已不是原来的花草了。

我为什么而活?

我一天天长大,知识一天天多起来,在初中期间学习了"生理卫生"课,知道婴儿是如何形成的。从初中到高中,我读了许多书,知道了基督教关于上帝创造人的故事,知道了佛教关于"轮回"的思想,知道了儒家和道家对生死不同的态度,等等。

我的中学阶段正好是抗日战争时期,这一时期我读了不少书。在初中,我读的大多是中国作家的文学作品,如巴金的《家》《春》《秋》,曹禺的《雷雨》《北京人》,鲁迅的《狂人日记》《伤逝》以及中国古典小说，等等。十五岁在西南联大附中读书时，我和几位同学一起看了斯诺的《西行漫记》（原名《红星照耀中国》），我们觉得延安那里的生活一定很有意思，于是我们就背着家里人，从昆明乘车奔向"革命圣地"延安。没承想到了贵阳就被当地警备司令部抓住，把我们关在一间小屋里。先是由警备司令部的参谋长审问我们，我们都谎称是要到重庆去念书，后来贵州省秘书长又对我们训话，最后由联大附中教务长把我们领回昆明。回到昆明后不久，我去重庆南开中学入了高中。在南开中学，我开始读外国文学作品。我特别喜欢读苏联小说，如屠格涅夫的《父与子》《罗亭》，这些书使我对人道主义有了一定的兴趣和认识。特别是读了托尔斯泰的《战争与和平》，更加深了我对人道主义的了解，我很喜欢书中的皮埃尔，他的善良深深地打动了我。还有安德烈亲王在战场上受了伤，躺在战场上，他看到了一朵白色的小花，产生出善良的爱心、对生命的珍惜之情以及对他人的同情心等，这些美好的人的品质使我向往。于是同情心和对生命的热爱凝聚于我心中，几乎影响着我的一生。在这期间，我开始了自己的写作，我写了一篇《论善》，可惜这篇代表我由少年跨入青年时代的作品早已丢失。但我仍然记得它的主旨：珍惜自己的生命是为了爱他人，"善"就是"爱"，人活着就是为了"爱他人"，应是没有其他目的的。但这时我对"爱"的理解是那么抽象,它实际上是从爱自己的生命出发的"爱",并不是真正的"博爱"。

我高中没有读完,就回到昆明的家里,自己读书,这时我对宗教的书和带有宗教意味的文学作品开始有了兴趣,从而由此前对"爱"的抽象理解而渐渐有了较具体的体会。我读《圣经》,知道了上帝对人类的"爱",了解到耶稣之受难才是真正伟大的"爱"。我读佛经故事,最喜欢"投身饲虎"的故事。这个故事是说,大车国王幼子萨埵那见一虎产了七个儿子,已经七天,而老虎母子饥渴将死,于是生悲悯之心,而投身饲虎,以求"无上究竟涅槃"。这种舍身而完成一种理想的精神,净化着我的心灵。然而对我影响最大的外国作品,应该说是罗曼·罗兰的《贝多芬传》。《贝多芬传》开头引了贝多芬1819年2月1日在维也纳市政府说的一段话:"我愿证明,凡是行为善良与高尚的人,定能因之而担当患难。"而《贝多芬传》的开头一段说:"人生是艰苦的。对不甘于平庸凡俗的人,那是一场无日无之的斗争,往往是悲惨的,没有光华的,没有幸福的,在孤独与静寂中展开的斗争。"照通常的情况看,我这样一个十六七岁的"大孩子",为什么会有这种"人生是艰苦的"想法呢?我至今仍然不能做出清楚明白的回答,也许是因为"少年不知愁滋味"吧！但是，从当时的情况看，整个世界和中国都处在苦难之中，世界反法西斯战争和中国的抗日战争正处在最后殊死战的1945年年初，而那时对我们家来说又是我的大哥与大妹先后死去的日子，自然会有人生无常、世事多变的感受，而且一个内向的"大孩子"，大概比较容易产生一种"悲天悯人"的情感吧！这种"悲天悯人"的情感可以化为一种力量，那就是中国儒家所提倡的"杀身成仁""舍生取义"的"生死观"，一种承担人生苦难、济世救人的理想。

我的家庭教育对我的性格形成无疑是有深刻影响的。我的父亲是一位留学美国、在哈佛大学取得硕士学位，并且一直在大学教书的教授，他教中国哲学，也教西方哲学和印度哲学，他是一位致力于研究中国佛教史的学者，但他立身处世却颇有儒家精神。这点大概是我祖父对他的影响所致。我祖父是清朝光绪十六年的进士，做过几任县官，后常任地方的考官。祖父一贯以"事不避难，义不逃责，素位而行，随适而安"作为他立身行事之大要。而父亲正如钱穆先生在《忆锡予》中说，"锡予为人一团和气""奉长慈幼，家庭雍睦，饮食起居，进退作息，固俨然一纯儒之典型"。我母亲是湖北黄冈张姓大族之女，是一位典型的相夫教子的善良的中国女性。我在这种家庭环境中长大，自然会深受儒家传统思想的影响。在我十六七岁时,虽然对儒家思想没有什么深刻了解,但《论语》《孟子》《大学》《中庸》等儒家经典还是读过一些。例如孔子所追求的"天下有道"的理想,孟子的"富贵不能淫,贫贱不能移,威武不能屈"的大丈夫精神以及后来一些儒家的"视死如归"的"杀身成仁""舍生取义"的气节,对我潜移默化的影响大概是巨大的。因而,贝多芬那段担当人生苦难的话自然就深深地感动了我,这其实仍是我以某种儒家思想的心态接受西方思想的一个例证。

我那时认为,我来到这个世界上,活着就应有一种历史使命感,应对社会负责任。如果一个人不甘于平庸凡俗,自然要担当起苦难,所以中国有所谓"生于忧患,死于安乐"的说法。自古至今有儒家精神的仁人志士都是对自己国家民族的兴衰和人类社会的幸福十分关怀,往往有一种自觉不自觉的"忧患意识"。这种"忧患意识",不是为着一己的小我,而是为着国家民族的大我,因此可以为着一个理想的目标舍生忘死。在这个时期,我常问我自己:"为什么活着?"我很自然地回答:"是为了爱人类、爱国家、爱民族而活,并愿为之而奋斗。"当然,我那时的想法都是空洞的、没有实际内容的,甚至可以说是十分幼稚可笑的。但这些思想感情对我的一生来说仍然是宝贵的,因为它无疑是我们中国人传统思想文化中应受到珍视的一部分。

人真能逍遥吗？

1945年欧洲取得了反德国法西斯的胜利，随之中国的抗日战争也于这年的8月取得胜利。为此，像我这样将要进入大学的年轻人当然是欣喜若狂。特别是在我思想中的那些历史使命感和社会责任感驱使着我，幻想着中国定会有一个光明美好的明天，自己将有可能为我们多灾多难的祖国建设尽一份力，好像我的生命中将会充满多姿多彩的花环。但是，进入1946年，一切都令人失望，一切希望都如肥皂泡一样破灭了。国民党政府的腐败、贪污和无能暴露无遗，国民党为争夺抗日战争胜利的果实与共产党打起了内战，人民仍然在水深火热中煎熬。面对这样的现实，我这样一个全然无实际人生经验的青年人，好像在极度兴奋中被浇上了一盆冰凉的水，把我的理想（实际上是一些空疏的幻想）和抱负全打破了。看看我的父辈们（西南联大的教授们）虽然还在为国事奔走，但国共两党的内战越打越烈，因而这些教授先生也日益感到他们对中国的前途是无能为力的。这样一种理想与现实的差距，使我这样感情深沉、思想内向的青年人很容易在思想上走向另一个方面。这就是转向中国传统文化中的道家思想。

在《庄子》一书中记载着一些关于"死生变化"的故事。例如庄子的妻子死了，而庄子却鼓盆而歌；子桑户、孟子反、子琴张三人是好朋友，后子桑户死了，孟子反和子琴张两人或编曲，或鼓琴，"相和而歌"。像这种的故事还有不少。因为照庄子看，对生死问题应该取"生时安生，死时安死"的态度，生不过是气之聚，死不过是气之散，都是一种自然现象，没有什么可悲伤的。而像"生死"这样的变化，可以说是人生中最大的变化，如果能对这种最大的变化不以为意，那么就可以得到精神上的自由。所以在《逍遥游》一篇中，庄子认为，人不必去管那些自身以外的事，这样才可以逍遥游放于自得之境。这种只追求自身的逍遥游放的人生态度对中国知识分子也同样有着深刻的影响。

从中国知识分子的生活道路看，常常是开始时对生活抱着一种积极入世的态度，在生死问题上是以"死有重于泰山"和"死有轻如鸿毛"来分别定义"生死"的意义，为社会理想而死就是"重于泰山"。知识分子对社会都有着一种强烈的责任感。但往往由于社会政治或个人遭遇的原因，理想一个又一个地破灭，他们逐渐对世事感到失望，而采取道家"顺应自然"的生活态度，从而把"死"看成不过是"休息"。像我这样的青年自然也摆脱不了中国知识分子的通病。由于深感社会的黑暗和自己对社会的无能为力，从而觉得道家思想可以帮助我得到一种安身立命的境地。于是有一段时期，我就不再去考虑那些如何改造社会以及人类前途命运的大问题，而认为只要自己能取得一种精神上的自由就可以了。因而对"生死"问题的态度也随之一变，采取一种并不在意、顺乎自然的态度。这一时期我特别喜欢读受道家思想影响的大诗人陶渊明的诗。其中他的那一首《形影神赠答诗》最后几句是："纵浪大化中，不喜亦不惧。应尽便须尽，无复独多虑。"人生无异于在宇宙之大化中漂流，生没有什么可喜的，死也没有什么可怕的，一切都应自自然然，对生死这样的问题根本没有去过多考虑的必要。我喜欢这几句诗，它对我一生的人生态度和"生死观念"都或多或少、或隐或显地有着影响。

但是，尽管在这种思想情绪占主导的情况下，在我的思想深处仍然潜存着那种应对社会尽责尽职的责任感。"我真的能不管世事而逍遥吗？""我真的能如庄子那样把死看成是一种休息吗？"这些都是我常常问自己的问题。在中国知识分子身上常常具有两种矛盾的性格：一是具有强烈的社会责任感，一是顺应自然的避世逍遥的思想。有时前者占主导，有时后者占主导，这常常是随着所处的环境和个人的际遇而有所不同的。我希望有庄子那种逍遥游放的自由自在的精神境界，而我又往往因感到自己对社会无所作为而苦恼。作为中国的一个青年知识分子，就是在如此矛盾的心境中生活着。

我真能相信宗教吗？

对于中国社会，特别是对于中国知识分子，除了儒家和道家思想有着重要影响外，佛教同样也有着重要影响。我接触佛教有着深刻的家庭原因。我的父亲虽然不是佛教信徒，但他是一位研究中国佛教史的学者，并对中国历史上的高僧大德有着一种人格上的崇敬，这可以从他那部在中外学术界有着重要影响的《汉魏两晋南北朝佛教史》中看出。在我家里有相当数量的佛教方面的藏书，因此我有机会可以接触到这些佛教书籍。1946年我进入北京大学先修班，1947年又进入北京大学哲学系，那时我不过是十九二十岁的年轻人，当然对佛教的那些深奥的道理不甚了解，不过佛教的一些基本观念，特别是一些对中国社会生活有影响的佛教思想，我还是了解一些的。1947年至1948年正是中国社会发生急剧变化的时期，内战越打越激烈，人民在苦难中挣扎，多少生离死别的悲惨的事天天发生着，不知有多少无辜的人死去。这使我愈发感到人生无常，而觉得佛教所说的"人生如一大苦海"是不无道理的。照佛教看，人生有

"八苦"：生、老、病、死、爱别离、怨憎会、求不得、五阴盛。如果你不能觉悟，即不能克服自己的"无明"，那么你就会在"苦海"中轮回，受着"八苦"的束缚，而不得解脱。如果你觉悟了，那就可以脱离"苦海"，而到"西方极乐世界"。这些对佛教道理的通俗解释，虽然我不会全然相信，但又觉得它也能解释某些社会现象，会对人们的生死观念产生影响。至于佛教中如般若学、涅槃学、唯识学等深奥的理论，我知道得很少，依我的知识水平，常常处于似懂非懂之间。

1947年是中国社会最悲惨的年头之一，国共两党的内战打得难分难解，人民生活痛苦万分，大学教授的衣食甚至都成问题，一般老百姓就更不用说了，就在当时的北平街上也常可见饿死和冻死的人。我们家虽然还过得去，但也大不如以前了。那时北京大学复校，由昆明迁回北平。父亲在1947年暑假前后赴美国加州大学伯克利分校教书去了。在这种情况下，我得以自由自在地阅读他的佛教藏书。一日我读《般若波罗蜜多心经》，这部佛经虽只有短短的二百余字，对它的注释却有几十种，可见它非同一般。我虽再三苦读，但仍未解其中真谛。只知经文主旨在证"一切皆空"。不过于此我也似有所得。我想，如果"一切皆空"，那么"苦"是不是也是"空"呢？如果"苦"是"空"，那么"八苦"对人来说也就没有意义了。这样佛教所谓的"人生是一大苦海"的命题很难成立。我想,死去的亲人或许是脱离了苦海,但活着的人则会因失去亲人而痛苦呀!例如,我的大妹的去世使我长久处在对她的思念之中,有时甚至想着能在梦中与她相会,但一次也没有这样的梦,这难道是"求不得苦"吗?我也曾读过中国佛教禅宗的《坛经》,从字面上看似乎比《心经》好懂,但其中的深妙奥义,则绝非像我这样没有什么生活阅历的人可以了解的。禅宗以"无念为宗",我当时认为它的意思是说,你不去想它,那就什么都对你没意义了。其实这是对禅宗的误解。人怎么能什么都不想呢?何况在我的思想中无疑仍然深藏着儒家思想的影响,认为人生在世,不能只求自己从"苦"中解脱出来,而应关注世事和他人。因此,"生死"问题并不一定是人生中的大事吧!而对社会尽责,对人类做出贡献才更重要吧!由此可见我往往是不自觉地站在儒家立场上对佛教提出某些也许不是问题的疑问。这时我写了一篇短文叫《论死》和一首不成为诗的小诗——题名为《死》,可惜短文已佚失了,而诗却被保存了下来。

我的短文的意思是说:人生虽然是苦难的,而人们都希望能摆脱这种苦难。可是在人的一生中,照佛教看,人生"八苦"是在所难免的。这样就有一个对

"苦"的不同态度。我当时自以为，我之生是为别人而生，死也应为别人而死。人活着就像燃烧着的蜡烛一样，它可以燃烧发出小小的火光，这样只能照亮自己，至多可以照着周围很小的圈子；但蜡烛也可以烧得很旺，火光大大的，这样就可以照亮很大的范围。我希望我能做一支烧得很旺的蜡烛，能用我的光照亮更大的空间，给别人欢乐和幸福，而快快燃烧完，以我的消失而有益于他人，减轻别人一些痛苦。这篇短文当然是一篇年幼无知的浪漫幻想曲，但那时我却是真诚地那么想的，这就是我那时虽受到佛教思想影响，而又潜存着浓厚的儒家思想影响的"生死观"。

我当时虽在北京大学哲学系就读，但我仍然喜欢文学。在北京大学选修课程很自由，你爱听什么课就可以选什么课。我当时学的课很杂，除哲学系的课以外，我选了"中国建筑史""英国文学史""欧洲文学名著选读"（读的是英文版的希腊悲剧和莎士比亚的剧本），我也常看文学方面的杂志。当时中国有本有名的杂志叫《文学杂志》，是由美学理论家朱光潜主编的，几乎当时所有著名的文学家、诗人、文学评论家等都不断地为这本杂志写文章。这本杂志我每期都读，而且常常把自己的感想记在笔记本上，但在二十世纪的中叶由于中国知识分子所遭受的磨难，我的笔记本早已被我烧掉，以免作为被批判的把柄，但有幸这套杂志还保存了下来。在第三卷第三期中保存着我前面提到的那首小诗。

在这一期中刊载有诗人林庚写的一首诗，题目叫《活》，我读后觉得他对"生死"问题没有彻悟，于是就在同页上也写了一首题目叫《死》的小诗。现在我先把林庚的诗抄录在下面，然后再抄录我的那首在一定程度上表现我的"生死观"的小诗。

活

我们要活着都是为什么
我们说不出也没有想说
今年的冬天像是一把刀
我们在刀里就这样活着

明天的日子比今天更多
春天要来了像一条小河
流过这一家流过那一家
春天的日子像是一首歌

我们不用说大家都知道
我们的思想像一个广告

死

(一)

第一天我认识了死亡

就像母亲生我真实一样

没有半点踌躇

我接受了这个现实

把它安置在应有的位置上

这样

我开始了生活

我长大　我变了

终不能毫无介意

因为我知道了它的结局

(二)

谁带给我一阵欢乐

难道死亡是痛苦

春天死了

来的不是夏日

母亲生我

在世上就要增加一座坟

从1945年到1948年是我由少年步入青年的时期。我想，这一段对每个像我这样的青年人都非常重要，它不仅是求知欲最旺盛的年岁,而且是最富于幻想的一个人生阶段,至少对我是这样。我读了很多书,中国的、西方的、印度的,古典的、现代的,哲学的、文学的、宗教的,等等。我思考过种种问题,除了"生死"问题之外,我还考虑"宇宙是有限的,还是无限的""灵与肉是矛盾的,还是和谐的""真善美是对立的,还是统一的",而我想得最多的是"爱"的问题,我为"爱"而生,我也愿为"爱"而死,我"爱"一切善良的人。当时我爱着一个女孩子,我和她通信,但很少见面,而见面时又很少说什么。我们在通信中主要讨论的是"人类之爱"的问题。我们爱着人类,并为人们所遭受的苦难而痛苦,但我们几乎没有谈到我们之间的"爱"。我虽爱她,她却并没有也爱我的表示。可是她常把她的日记抄寄给我看,她在一封信中说:"每次看到你的信,我都很激动,我不能失去你的友谊,我们的通信比我们的见面或者更美好。"后来由于1949年中国社会的剧变,我们没有再联系。我知道,她上大学后参加了基督教团体,这使我想到我曾读过的安德烈·纪德的《窄门》。

我非常喜欢纪德的《窄门》这本小说,"窄门"是从《圣经》的一句话来的:"引到永生,那门是窄的,路是小的,找着的人也少。"(《马太福音》第七章第十四节)故事说的是两个极富宗教热情的青年介龙和阿丽莎相爱,他们在情书中相互勉励,希望离上帝更近。阿丽莎在与介龙柏拉图式的爱情交往中,她的带着神秘主义色彩的信仰不断发展,最终相信通向天国的"窄门"确如《圣经》所说不能容两人同时通过,认为自己爱上帝更甚于爱介龙,并且相信介龙也是如此,然而介龙并非像阿丽莎所想的那样。我有《窄门》这本书的英文转译本,其中介龙和阿丽莎最后一次见面的情景常常浮现在我的脑中,而对这一段文字我特别喜爱,常常翻出来,反复读它。

> 门已经锁上了,但里面的门闩并没有插牢,一推就开。我用肩胛轻轻将门顶开,正要往里闯……就在这时,我听到一阵脚步声,连忙跑到墙的拐角处躲了起来。
>
> 虽然我并没有看清从花园里出来的是谁,但凭着声音和感觉,我知道这是阿丽莎。她向前走了两步,轻声唤道:
>
> "是你吗,介龙?……"
>
> 我激动得一句话也说不出来,仿佛心脏都停止跳动了。她见没有动静,便大声重复一句:
>
> "介龙,是你吗?"
>
> 听着她那情真意切的呼唤,我再也控制不住

内心的激动了，一下子便跪倒在地上。她见我没作声，便向前走了几步，绕过墙的拐角，向我走来。我突然感到她就在我面前——我用手捂着脸，不敢马上看她，过了好一阵才将她那柔弱的手捧起来狂吻。她俯下身来对我说：

"你干吗藏起来？"她说得那么简单，就好像三年分别只是几天前的事似的。

"你怎么知道是我？"

"我一直在等你。"

"等我？"我感到非常意外，不由得带着疑问的口气重复了一句。

她见我仍然跪在地上，便说：

"我们到长椅那儿去吧。……是的，我知道我还会见你一面的。最近三天，我每天晚上都到这里叫你的名字，就像今天晚上一样。……你为什么不答应？"

"要不是被你撞上，我可能连见都不见你就走了。"我冷冷地说，尽量克制着内心激动，不让自己像开始时那样垮下来。

"我只是路过勒阿弗尔，我打算到林荫路上走一走，围着花园绕一圈，再到泥灰场里那张长椅上歇一会儿，因为我想你有时还会来坐一坐的。然后……"

"你还是看看我这三天晚上读的是什么吧!"她打断了我的话头,将一包信件递到我手中。我认出那些都是我从意大利写给她的信,直到这时我才抬起眼睛看她……

太阳就要落山了。忽然一片乌云飞来将它挡住,过了一会儿它才重新出现在地平线上。落日余晖给空旷的田野镀上了一层金碧辉煌的色彩,一时间竟把我们对面那个狭窄的山谷照得透亮。我默默地望着这迷人的景象,直到太阳已经消失了,我还呆呆地望着,仿佛身上仍旧沐浴着金色的霞光。我感到自己满脑子怨恨全都烟消云散了,只觉得心中充满了爱。

我为什么抄写《窄门》中的这一段,这是因为我认为,我曾经爱过的那位女孩,也许和阿丽莎一样,她相信"那门是窄的",不能两人同时进去。当然可能我的这种想法是全然错误的,但我愿自己是真诚地作如是想。我多次读上面引用的那一段,每次读时都止不住落泪。上面那一段是介龙和阿丽莎的最后一次见面,而后不久阿丽莎就离开了人间。阿丽莎执着地相信那通往天国的门是窄的,路是小的,她真诚地相信爱上帝和爱介龙是不能并存的。读这一段我虽很感动，但我并不能理解。因为我没有如阿丽莎那样的信仰，我也没有如介龙那种对"爱情"的执着。我想，《窄门》的故事给我的启示，是一种对人类的爱，是对自我道德完善的追求，是一种对"悲剧美"的欣赏，和对宗教虔诚气氛的感受。像我这样一个知识青年，尽管会在阅读西方文学、哲学、宗教作品时，欣赏西方文化，而且会努力去理解和吸收，但是我毕竟没有信仰宗教的背景，因而对阿丽莎的思想、感情和行为很难有深切的理解。

我虽然不信仰任何宗教，但我尊重并欣赏所接触到的宗教，例如佛教和基督教。我爱好佛教深奥的哲理，我喜欢基督教的智慧。佛教要解救人们脱离"苦海"，达到涅槃境界，并提出一套修持的方法，对人类社会生活有其灼见，给人们一种"超生死，得解脱"的精神力量，无疑是人类的精神财富。基督教的"博爱"和"在上帝面前人人平等"以及它的三大形而上学论证"上帝存在""灵魂不死""意志自由"，给人们一种超越自我的向善动力，当然同样也是人类的精神财富。这些都给我重要启示，丰富着我对"生死"问题的看法。这是毫无疑义的。"生死"问题从一个方面说是医学、生物学方面的问题。但是对"生死"的看法却又是哲学、宗教等所关切的"终极关怀"的问题。因为一个人的"生死观"往往受着不同文化传统和个人不同文化背景的影响而与他人形成相当大的差异，而且一个人的一生由于环境的变迁和思想的变化以及个人遭遇的影响会有所变化，也是常有的事。我作为一生长在中国的青年人，在当时的条件下，虽然有机会读一些西方的文学、哲学、宗教的书，但中国传统思想文化无疑对我的思想影响会更强大。特别是我的家庭，又属于所谓"书香门第"，中国文化的"生死"观念早已在潜移默化中根植在我的思想深处了。而二十世纪的中国知识分子，如果不是"国粹主义"者，对西方文化是不会持排斥态度的，何况我父亲在美国的大学里待过近五年！就中国文化本身说，往往也是可以兼容并蓄的，儒、道、释三家的思想虽不相同，但常常形成一种互补的状态，何况这三家在唐宋以后就形成了一种合流的趋势呢！就我的气质来说也许更近于儒家，但就我的家庭影响说，在我的思想中无疑也包含着道家和佛教的成分。这就是说，我的"生死观"大体上是以儒家思想为基础，而吸收了若干道家和佛教的思想，同时西方的某些思想也不能说对我毫无影响。从当时中国的客观环境说，中国社会正处于一种生死存亡的大变局中，对许多人来说，"生"很艰难，"死"却又那么容易，敏感而喜欢思考的青年人大概不会不去考虑"生死"问题吧！特别是那时我学问虽浅，但自视甚高，觉得自己可以成为一个哲学家，而哲学家必须考虑"生死"这一类涉及终极关怀的大问题。

那时，我实是无知，而却狂妄；我实是渺小，而却自大；我实是浅薄，而却自以为博大。不过上帝会原谅年轻人的，会让他们在生活中逐渐了解自己，逐渐了解社会，逐渐了解应该如何"生"，应该如何"死"。正如庄子所说，生死是人生中最大的变化，能对这一问题有所悟者有福了。

理想与现实必定是矛盾的吗？

如果说我的童年是安详而平静的，我的青年时期是充满幻想和浪漫的，那么我的中年则是在提心吊胆中度过的。1949年，中国共产党在全中国范围内取得了胜利，建立了中华人民共和国，使我们这些青年人欣喜若狂。很快我们接受了马克思主义，相信了共产主义是人类最美好的理想。马克思主义的共产主义为我们描绘了人类绝妙的美好的未来，共产主义将使每个人的个性得到充分的发展，并享有完全的自由，在生活上是"各尽所能，各取所需"，在那个社会里没有剥削、没有压迫，人人得到真正的平等。当时我是真诚地相信了这些，这中间有两个重要的原因。

第一，百多年来，我们的国家一直受着西方列强和日本军国主义的欺侮和压迫，中国人经常受到外国人的侮辱，真是"是可忍也，孰不可忍也"，但在1949年政权改变之后，首先使我感到的是"中国人民站起来了"，可以不再受西洋人和东洋鬼子的气了，不会再有"沈崇事件"了。这样一种深刻的感受，我想是当时许多知识分子和青年学生自愿地和半自愿地接受共产主义理论的原因，这点和中国知识分子具有的一种特殊的"爱国主义"情结是分不开的。

第二，在政权建立之初，一些共产党的干部还是比较廉洁的，同抗日战争胜利时，国民党官员接收北平后抢房子、抢汽车、抢金条等腐败现象相比，感觉上真有天壤之别。如1951年年初我从北京大学哲学系毕业，被分配到中国共产党北京市委党校当教员，我和已经参加中国共产党二十多年的校长住的、吃的和穿的都差不多，生活虽然很清苦，可是上上下下都不以此为苦。这当然还有一个很重要的原因，那就是当时出版的中国的小说和翻译的苏联的小说、上映的中国的电影和苏联的电影对我们这些青年有着深刻的影响。例如《刘胡兰》这部电影描写刘胡兰在敌人面前宁死不屈，苏联电影《乡村女教师》中女教师对自己事业的崇高献身精神，《蜻蜓姑娘》中的那位姑娘对待美好生活的乐观精神和开朗性格，以及苏联小说如奥斯特洛夫斯基的《钢铁是怎样炼成的》、法捷耶夫的《青年近卫军》、西蒙诺夫的《日日夜夜》等,这些作品所表现的对祖国的热爱、对共产主义理想的忠诚和舍生忘死的精神,使我们这些青年深深地感动了。这使我原来那些"生死"观念受到巨大的冲击,改变着我对"生死"的看法,使我认为像刘胡兰、保尔·柯察金等人的"生"和"死"才是真正的人的"生"和"死"。特别使我到现在还不能忘怀的是捷克共产党员伏契克在1943年被德国法西斯杀害前写的《绞刑架下的报告》。

这本书我读了不止一遍,这种热爱生活、热爱人类的人道主义,为理想而献身的英雄主义精神,"为欢乐而生,为欢乐而死"的乐观主义的伟大胸怀,深深地感动着我。每当读到这里,我都禁不住热泪盈眶。在我读过伏契克等人的作品之后,好像自己的思想豁然开朗,因而觉得自己过去不过是在一个自我封闭的小天地中,走不出来。而伏契克他们才是真正地为他人、为理想、为了一种崇高的目标而努力奋斗,以至于牺牲了自己的生命。我希望我自己也能像伏契克那样,热爱生活、热爱人类、热爱自己的理想事业。因而我为过去那些对"生死"的看法感到羞愧。任何人都应像平常人一样,有着一颗"爱心","为欢乐而生,为欢乐而死",默默无闻地做自己能做的事,不要去刻意追求什么"名声"。

由于当时我深信共产主义的理想,在1950年爆发的朝鲜战争中,我和包括后来成为我妻子的乐黛云在内的八名新民主主义青年团团员报名参加抗美援朝的志愿军,我们是北京大学第一批、大概也是全国大学生中的第一批要求上战场的青年大学生。我们都抱着为祖国而战和光荣牺牲的决心。然而学校的领导并没有批准我们去朝鲜战场。这当然使我们大失所望。就这点看,由于外在环境的变化,特别是谁也弄不清的共产主义理想的巨大威力,它可以在短短的一两年中使我对"生死"的看法发生了不可想象的变化。也许当时不是生活在中国大陆的青年人(甚至中年人、老年人)很难理解我的思想的这种转变。这使我想到了一句中国佛教禅宗的话,"如人饮水,冷暖自知",没有生活在当时中国大陆社会环境中的人当然很难体会我们的感受。像我这样的青年,很多都认为自己似乎得到了新的生命力,都觉得共产主义的理想将经过我们的不懈奋斗,由我们这一代来完成。我们是为着共产主义的理想而生,我们也会不顾一切地为这一理想事业而献身。

我为新中国的建立,为找到了一种可以信仰的理想——共产主义的理想,确实有好几年兴奋不已。在北京大学,我是学生又是新民主主义青年团的好干部;后来到北京市委党校教书,我又是教授马克思主义的好教员。但同时在我思想中也渐渐有着某些模模糊糊的疑惑。

从1951年起，政治运动一场接一场，而且大多是针对知识分子的。当时，往往把1949年前没有参加共产党革命工作的知识分子统称为"资产阶级知识分子"，作为批判、审查的对象。1956年10月，我由中共北京市委党校又回到北大当教员。1957年春，由于苏联批判斯大林，东欧也发生了对现政权的批判，"社会主义阵营"的一些国家出现了某种"解冻"的现象，这对中国大陆特别是知识分子和青年学生不会不发生影响。在这种情况下，中国共产党和毛泽东提出了在文艺和学术上的"百花齐放，百家争鸣"的口号。我们这些毫无政治经验的知识分子以为学术研究的春天真的到来了。许多知识分子和青年学生抱着爱护国家的目的，提出了现在看来是正确的意见和建议，但大概谁也没有想到这是用来"引蛇出洞"的"阳谋"，从而把几十万知识分子和青年学生打成右派。这无疑是中国历史上最大的冤案。我的妻子也被打成右派，我也因与她划不清界限而受到"严重警告"处分。

这样一场剧变，沉重地打击了中国知识分子，使大批知识分子包括我终日都处在惶惶不安之中，从而产生了哈姆雷特的"生呢，还是死呢"式的问题。如果说，在此以前"生死"问题只是我的一种看法或者说是一种思想观念，到1957年后对我来说就逐渐变成一个要面对的现实问题了。在1957年的"反右斗争"中，一些知识分子和青年学生自杀了，或者因不"服罪"而被投入监狱或被枪杀了。而从1959年至1961年，由于自然原因和政策上的错误，中国社会发生了大饥荒，很多人失去了生命。1966年以后的十年在中国大地上发生了完全失去理性的"文化大革命"，在这期间被活活打死的、自杀的和在由领导层争权夺利而挑起的平民老百姓的两派斗争中"战死"的，又是不计其数。就以北京大学为例，著名教授和青年学生因不堪受辱而"自杀身亡"的至少有几十人。例如著名物理学家、原北大理学院院长饶毓泰自杀了，教务长崔雄昆跳湖了，著名历史学家、老共产党员翦伯赞在听说要"把冯友兰和翦伯赞养起来"后，他和他的夫人服毒而死。而青年学生自杀的，被打死的，被迫害致死的，也有不少。

这里我只想举出一个典型的例子：北大中文系很有才华的女学生林昭，她的诗写得很好，1957年她提出了很有见地的意见，被划成右派，由于不"服罪"而被投入监狱。在监狱中受尽折磨，生重病，生活不能自理，于是她的母亲就在监狱里陪她，照顾这个有美好心灵的女儿。这时林昭仍然不断写诗，对不人道的遭遇提出抗议，在"文化大革命"后期，她因"恶攻罪"而被处以死刑。在她被枪毙后还有人向她母亲要七分钱的子弹钱。难道这就是我们追求的理想？难道这就是千百万人曾为之奋斗的人类美好的未来？有良知的人能不对此三思，能不对此惊讶不已？"文化大革命"后，林昭的同学和朋友为她举行了一次追悼会，在青年林昭遗像两侧挂着一副挽联：上联只有一个大大的"？"，下联则是一大大的"！"。

这就是在过去几十年中国知识分子对生活中"生死"问题的极具有真实意义的象征符号。如果说伏契克的理想是"为欢乐而生，为欢乐而死"，那么为什么在五十年代后的相当长的一个阶段，中国人民特别是中国知识分子"生"得那么艰难，而又"死"得那么悲惨？为什么有的人（如翦伯赞）为"理想"不堪屈辱而自杀？为什么有的人为坚持"真理"而被杀？为什么"理想"和"现实"竟然如此之矛盾？回答这些问题是困难的，因为原因无疑是多方面的，但有一点现在也许是许多有良知的知识分子所都能想到的，那就是"以阶级斗争为纲"的"与人斗其乐无穷"的荒谬思想所得出的必然结果；是要"年年讲，月月讲，天天讲"的"斗争哲学"必然产生的悲剧。这一"以阶级斗争为纲"的"斗争哲学"，人为地挑起人们之间的仇恨，愚弄着人民，麻醉人们的良知，使人类所追求的"人道主义"精神逐渐丧失。这就是中国大陆五十年代至七十年代的现实。它实际上已经丧失和违背了人类的"理想",人类真正的理想不应该在人们之间煽动"仇恨",而应该在人们之间提倡"爱心"。"理想"不是"现实","现实"总也不会成为"理想"。如果理想成了现实,那也就无所谓理想了。但人类不能没有对理想的追求,以便能存在一点希望,在"大人物"造成的苦难中,得到一点安慰,获得某种"超越生死"的力量。我们不要失去自己的理想,它可以净化我们的心灵,提高我们的精神境界,使自己有个安身立命之处。

超越生死的观念和途径

在中国的儒家、道家、禅宗中都有着"超凡入圣"的理想追求,而"超凡入圣"就必然有着一种"超越生死"的态度。它们的"超越生死"的态度虽不相同,但无疑对人们的"生死观"有着重要的正面影响,人们定会从中得到提高精神境界的启示。在痛定思痛之后,我感悟到在我们先贤往圣所创造的儒家思想、道家思想和中国化的佛教禅宗思想中的"生死观",对我,也应该对所有的中国人来说,仍然是宝贵的财富。

下面我将简要地阐明我所了解的儒、道、佛的超越生死的观念和途径。

（一）儒家的生死观：道德超越，天人合一，苦在德业之未能竟

儒家生死观的基本观点是"死生有命，富贵在天"，因此，它重视的是生前，而非死后，孔子说："未知生，焉知死。"生时应尽自己的责任，以努力追求实现"天下有道"的和谐社会的理想。人虽是生活在现实社会中的有限之个体，但却能通过道德学问之修养（修道进德）而超越有限之自我，以体现"天道"之流行，"天行健，君子以自强不息"。孟子说："存其心，养其性，所以事天也。夭寿不贰，修身以俟之，所以立命也。"（《孟子·尽心上》）一个人如果能保存自己的本心，修养自己的善性，以实现天道的要求，短命和长寿都无所谓，但一定要修养自己的道德与学问，这样就是安身立命了，可以达到"天人合一"的境界。这种"天人合一"的境界，是一种"不朽"的人生境界。因此，古之圣贤认为，虽然人的生命有限，但其精神可以超越有限以达到永存而不朽，所以有所谓"三不朽"之说："太上有立德，其次有立功，其次有立言。虽久不废，此之谓不朽。"明朝的儒者罗伦有言："生而必死，圣贤无异于众人也。死而不亡，与天地并久，日月并明，其惟圣贤乎！"圣贤不同于一般人，只在于他们生前能在道德、事功和学问上为社会有所建树，虽死，其精神可"与天地并久，日月并明"。这种不朽只是精神上的，它只有社会、道德上的意义，而和自己个体的生死没有直接联系。宋代张载（字子厚，也称"横渠先生"）《西铭》的最后两句："存，吾顺事；没，吾宁也。"人活着的时候应努力尽自己的社会责任，那么当他离开人世的时候是安宁的，问心无愧的。

由此看来，儒家并不以死为苦，那么儒家的学者有没有痛苦呢？照儒家看，从个人说，"德之未修，学之未讲"是个人的痛苦，而更大的痛苦是来自其社会理想之未能实现。南宋的文学家陆游临终写了一首诗留给他的儿子："死去元知万事空，但悲不见九州同。王师北定中原日，家祭无忘告乃翁。"（《示儿》）陆游在死前的痛苦不是为其将死，而是没有能看到宋王朝统一南北。南宋末还有一位儒者文天祥，他临刑时衣带上写着："孔曰成仁，孟曰取义，惟其义尽，所以仁至，读圣贤书，所学何事？而今而后，庶几无愧。"文天祥视死如归，因为他能以孔孟的"杀身成仁""舍生取义"的道德理想而无愧于天地之间。因此，对于儒家说，痛苦不在于如何死，而在于是否能做到"成仁""取义"。在儒家的生死观念中，痛苦是"苦在德业之不能竟"。

（二）道家的生死观：顺应自然，与道同体，苦在自然之未能顺

道家生死观的基本观念是"生死气化，顺应自然"。照道家看，生和死无非都是一种自然现象。老子讨论生死问题的言论较少，他认为如果人不太重视自己的生命，反而可以较好地保存自己，这和他所主张的"无为""寡欲"思想相关联。他还说："死而不亡者寿。"王弼注说："身没而道犹存。"照老子看，"道"是超越永恒的存在，而人的身体的存在是暂时的，如果人能顺应自然而同于道，那么得道的人就可以超越有限而达到与道同体的境界，所以老子说："从事于道者，同于道。""同于道"即"与道同体"，它是一种极高的人生境界，是对世俗的超越与升华。庄子讨论生死问题比较多，在《大宗师》中说："夫大块载我以形，劳我以生，佚我以老，息我以死，故善吾生者，乃所以善吾死也。"生、老、死都是自然而然的，死不过是安息。进而庄子认为生死无非是气之聚与散，所以《知北游》中说："人之生，气之聚也，聚则为生，散则为死，若死生为徒，吾又何患？"如果死和生是相连属的，我对之有什么忧患呢！《至乐》载，庄子妻死，惠子往吊，见庄子"方箕踞鼓盆而歌"，惠子不以为然，但庄子认为生死就像春夏秋冬四时运行一样，所以"生之来不能却，其去不能止"。(《达生》)西晋的玄学家郭象对庄子的生死观有一重要的解释，他说："夫死生之变，犹春秋冬夏四时行耳。故死生之状虽异，其于各安所遇一也。今生者方自谓生为生，而死者方自谓生为死，则无生矣。生者方自谓死为死，而死者方自谓死为生，则无死矣。"这就是说，生和死只有相对意义，只是事物存在的不同状态，对"生"来说，"生"是"生"，但对"死"来说，"生"是"死"；对于"生"来说，"死"是"死"，但对于"死"来说，"死"是"生"。因此，说"生"、说"死"只是不同的立场所持的不同看法，故应"生时安生，死时安死"，这样就可以在顺应自然中得以超生死，而与道同体了。

那么道家在生死问题上以什么为苦呢？照道家看，以不能顺其自然为苦。在《应帝王》中有一个故事："南海之帝为倏，北海之帝为忽，中央之帝为浑沌。倏与忽时相与遇于浑沌之地，浑沌待之甚善。倏与忽谋报浑沌之德，曰：'人皆有七窍，以视听食息，此独无有，尝试凿之。'日凿一窍，七日而浑沌死。"这个故事说明，一切应顺应自然，不可强求，虽出于好心，但破坏了其自然本性，则反而有害，这是庄子的忧虑。照庄子看，人往往喜欢追求那些外在的东西，从而"苦心劳形，以危其真"，这样就会远离"道"，而陷入痛苦之中，故"苦在自然之未能顺"。

（三）禅宗的生死观：明心见性，见性成佛，苦在无明之未能除

佛教认为，人世间是一大苦难，人生有不能逃避的"八苦"。人之所以不能逃避这苦海，是由于"无明"（不觉悟）引起的。佛教的教义就是教人如何脱离苦海。想脱离苦海就要照佛教的一套来修行，出家和坐禅等都是不可少的。佛教传入中国，经过五六百年，在中国形成了与中国传统文化相结合的若干个宗派，其中以禅宗影响最大。

禅宗的真正缔造者是唐朝的和尚慧能，这个佛教宗派以"明心见性""见性成佛"为其生死观的基本观念。慧能认为，佛性就是人的本心（或本性），明了人之本心，即洞见佛性，"汝等诸人，各信自心是佛，此心即是佛心"。"佛性"是什么？照慧能看，"佛性"就是每个人的内在生命本体。如果一个人能够自觉地把握其生命的内在本体，那么他就达到了超越生死的成佛的境界。用什么方法达到这种超越生死的成佛的境界呢？禅宗创立了一种直接简单的修行法门，它把这法门叫作"以无念为宗"，即以"无念"为其教门的宗旨。所谓"无念"，并不是"百物不思，念尽除却"，不是对任何事物都不想，而是在接触事物时心不受外境的任何影响，"不于境上生心"。因此，人并不需要离开现实生活，也不需要坐禅、读经、拜佛等形式，在日常生活中照样可以达到超

越生死的成佛境界，"挑水砍柴无非妙道"。达到这种超越生死的成佛境界，全在自己一念之悟，"自性迷，佛即众生；自性悟，众生即佛"。"悟"只是一瞬间的事，这叫"顿悟"，瞬息间克服"无明"（对佛理的茫无所知）而达到永恒的超生死的境界。这就是禅宗所追求的"成佛"境界。

中国的禅宗虽也不否认在人生中有"生、老、病、死"等苦，但是只要自己不以这些"苦"为"苦"，那就超越了"苦"，而"苦海"也就变成了"极乐世界"，这全在自己觉悟还是不觉悟。因此，人应该自自然然地生活，"春有百花秋有月，夏有凉风冬有雪。若无闲事挂心头，便是人间好时节"。一切听任自然，无执无着，便"日日是好日""夜夜是良宵"。超生死得佛道，并不要求在平常生活之外有什么特殊的生活，如有此觉悟，内在的平常心即成为超生死的道心。所以照禅宗看，人的痛苦在于他的不觉悟（无明），苦在于"无明"之未能除，只要人克服其迷误，就无所谓"苦"了。

综观中国的儒、道、佛，其对生死问题的看法虽不相同，但是否其中也有共同点？照我看，儒、道、佛都不以生死为苦，而以其追求的目标未能达到为"苦"。儒家以"德之不修，学之不讲"为"苦"，即以不能实现其道德理想为"苦"；道家以"苦心劳形，以危其真"为

"苦",即以不能顺应自然为"苦";禅宗以"于外著境,自性不明"为"苦",即以执着外在的东西,而不能除去"无明"为"苦"。

今天在现代化的社会中,科学技术有了空前的发展,把人作为自然人看,对人的生和死都可以或者大体可以做出科学的解释,但人们的生死观仍然是个大问题,因为它不仅是个科学问题,而且也是关乎人生态度和价值观念的问题。由于人们的生活态度、价值观念和社会理想的不同,会形成不同的生死观,这大概是无可置疑的。因此,我们把中国古代儒、道、佛对生死问题的不同看法作为一种理论问题提出来讨论,这大概和其他理论问题同样有着重要的意义。从生物学上看,人是不可能超越生死的,但从人的精神境界方面看,则是可以超越生死的。所以人类不仅需要解释"生死"问题的科学,而且同样也需要超越"生死"问题的哲学和宗教。在我已走过人生的一大半的时刻,我来讨论这样一个为人类普遍关怀的"生死"大问题,而且对之有着某种觉解,有着一种超越生死的精神境界,我心中充满了喜悦,精神由之升华。古往今来的中外大哲学家都可以说在追求着"超越生死"的精神境界。这里我要以中国宋代哲学家张载的名言作为结束。张载的抱负是"为天地立心,为生民立命,为往圣继绝学,为万世开太平",

为此他提出"仇必和而解"的理论。这种伟大的胸怀,比起"以阶级斗争为纲"的"斗争哲学",不是有天壤之别吗?追求"超越生死"必有"泛爱众""慈悲"和"博爱"等宽阔的心胸。

辑三

学问与致知

"文化热"与"国学热"

"五四"的反传统重点是几千年形成的旧传统,而二十世纪八十年代的反传统重点则是几十年来形成的极左思潮。不加分析地批评"五四"和"文化热"是有害的。二十世纪九十年代的"国学研究热"可能有两种走向,一是把中国传统文化放在世界文化发展的总趋势中来考察,另一种可能就是传统文化的研究离开了学术的轨道而意识形态化。

二十世纪八十年代中期在中国发生的"文化热",在北京地区首先是由二十一世纪研究院推动的,接着有中国文化书院、《文化:中国与世界》杂志等学术团体的参与。但到1992年"国学热"却悄然兴起,这可以"国学在燕园悄然兴起"和《国学研究》等刊物的出版为标志。

这两年来，有些学者写文章提出要对二十世纪八十年代的"文化热"进行反思。我认为，对二十世纪八十年代的"文化热"做合乎实际的理性反思无疑是必要的，不过其中有些看法不符合实际。有的学者认为"文化热"的"反传统"是激进的、轻率的和不负责任的；有的学者认为"文化热"有一种"泛文化倾向"。我认为，这些看法或者是由于对二十世纪八十年代文化讨论的不了解，或者是出于某种偏见。因此，我作为当时文化问题讨论的参与者，不得不做些说明。

为什么二十世纪八十年代会发生关于文化问题的讨论？我认为，有两个原因应受到重视。第一个原因是"四个现代化"的提出，一些学者担心中国又可能走上只重科学技术（主要是技术）的道路。我记得1985年5月曾在深圳召开过一次有北京、上海、武汉、西安、深圳五地学者参加的小型"文化问题讨论会"，这次会议还有两位美国朋友参加。会后，我们写了一份会议纪要，现抄录一段，请大家参考：

> "五四运动"以来，现代化的口号提出了半个世纪，而现代化的进程却一次又一次被打断，这是什么原因？看来，有一个问题没有很好地解决。现代化不只限于科学技术层面，更重要的是应该有文

化深层的现代化相配合，其中包括价值观念、思维方式以及对我国新旧传统的历史反思等。现代化是一个很复杂的问题，提出要实现现代化，就说明我们仍然处在"非现代化"的历史时期。那么，首先就有一个"现代化"与"传统"的关系问题，其中包含着深刻的价值观念上的冲突，这个问题不能不和传统文化息息相关。

从上面一段文字看，我们当时已关注中国社会发展的走向，希望"现代化"不要仅仅限于科学技术层面，而应有文化的层面相配合。也就是说我们希望我们的国家有一个"全面的现代化"，不仅科学技术要现代化，而且政治、文化也应现代化。我们希望的是科学技术、经济、政治、文化能同步从前现代进入现代，并没有想要"跳过"物质文明，直接涉入体制，而紧接着便落实到文化层面；更没到希望文化可以医治"百病"的地步。可是没有文化的现代化相配合，我们的"现代化"能说是一完整意义的现代化吗？

当时，我们提出了"现代"与"传统"的关系问题，而且特别强调"现代"与"新传统"的关系问题。我们知道，"五四运动"的"反传统"的重点可以说是反对几千年形成的旧传统；而二十世纪八十年代的"反传统"的重点，则是反对几十年来形成的极左的教条主义的新传统。而且，反对极左教条主义新传统，也正是为了保护几千年来中国文化中有意义、有价值的东西。这是一个问题的两面。我们难道会忘记此前发生的"文化大革命"中的一些情景吗？那时一方面在疯狂地破坏着中国文化中有意义、有价值的部分；另一方面对中国文化中的糟粕大加颂扬。因此，我们无可否认这几十年来形成的极左教条主义新传统和几千年的旧传统之间的联系。我们还应该看到，当时参与文化讨论的至少有不同的三派（或者更多的不同学派），有的激进些，有的保守些，有的采取了自由主义的态度。这三派虽然路向不同，但却能比较理智地讨论问题，并在批评几十年来形成的极左教条主义上有着共识，因此形成了前所未有的推动中国文化发展的合作关系。我认为这应是中国学术界非常可贵的经验。

现在有一些学者不加分析地批评"五四"新文化运动，批评它的"反传统"，我认为这是很不公正的。我们试想，如果没有对中国传统文化中的那套维护专制统治的旧传统、旧道德，如"夷夏之防""三纲六纪""三从四德""八股取士"等猛烈地冲击一下，我们的社会能前进吗？当然，"五四"的"反传统"是有缺点的，有它的片面性。可是"五四"的精神在今天仍有它正面的积极意义。而且也正是"五四"新文化运动批判了专制、腐朽的东西,才可以使中国文化的真精神显现出来。"五四"新文化运动的"反传统"之所以发生问题,我认为主要是政治的原因,致使中国文化屈从于政治,而没有能使文化较为合理地发展。

反观二十世纪八十年代的"文化热",在当时的条件下,确实比较难以系统地、深入地讨论一些具体的问题,如书籍的考订、文献的整理、字句的阐释,等等,因为面对的是如何打破多年来教条主义极左思潮独领风骚的局面,推动中国文化朝着有利于促进中国社会的发展并和当代世界文化的发展总趋势接轨。因此,对二十世纪八十年代"文化热"所取得的成果的否定不仅是错误的,而且是有害的。

二十世纪九十年代在中国大陆悄然兴起的"国学热"走向如何,还得有一段时间才能看清。就现在的情况看,对二十世纪八十年代"文化热"做理性的反思,在肯定它当时的正面价值和意义的同时,指出其某些不足之处,更加深入地讨论和研究一些问题,当然是必要而且有意义的。我们知道,事物的发展总是波浪式的,对阻碍中国社会走向现代化的新旧传统做过一段较为激烈的批评之后,特别是对独断的教条主义有力地冲击之后,学者们才比较有可能更为深入地研究一些问题,才有可能对几千年的传统文化做比较细致的梳理。但是，即使这样，我认为中国的学者也不能不关注现实中国文化的走向和如何与世界文化发展的总趋势接轨的问题，同时仍然不能忽视阻碍中国社会前进的极左教条主义的影响。照我看，国学研究可能有两种不同的走向，一是真正把中国传统文化放在整个世界文化发展的总趋势中来考察，使中国文化的真精神和现时代的时代要求接轨，这将是中国文化走出困境，得以复兴的唯一出路。如果不使我们的传统文化"苟日新，日日新，又日新"，而只是抱残守缺，哪怕是把古人非常有意义的话一而再、再而三地重复，我想也很难使中国文化复兴，更不可能使中国文化对现时代做出贡献，搞不好甚至会陷入"国粹主义"或"狭隘的民族主义"之中。但从历史的经验和目前某种发展趋势看，也有另一种可能，这就是中国传统文化的研究离开了学术的轨道而意识形态化，从而背离了某些学者热心"国学"的初衷。目前已有人提出："不排除有人企图以'国学'这一可疑的概念，来达到摒社会主义新文化于中国文化之外的目的。"这一论点倒是企图人为地把社会主义新文化与"国学"（中国传统文化）对立起来，并有企图把学术研究重新纳入意识形态之中的嫌疑，这无疑是违背"百家争鸣"的方针的。

当然对中国传统文化（不仅是中国传统文化，而且应是一切学术研究）做学术上的研究应该有一些规范，例如引用别人的研究成果应该说明，引文应有出处，标点要合乎规范，论点要有根据，等等，这些是不言而喻的。但是，有一些所谓"学术规范"却超出了一般学术规范的要求，认为只有像乾嘉学派或者某西方学派那样才符合学术规范。这里我无意否定乾嘉学派或任何某一西方学派所取的"规范"模式，而且对乾嘉学派或西方的某一有价值的学派的"规范"我都尊重。但是要用某一家某一派的"规范"作为普遍的"学术规范"大概是不妥当的。我认为这样的要求过分了。我们知道，胡适、陈寅恪、熊十力的学术风格很不相同，但是哪一种算"学术规范"呢？我认为，都是各自的规范。强立一种所谓的"规范"是不可能的，只会有害于学术的自由发展。现在有一种说法："二十世纪八十年代中期'文化热'时是有思想无学术，现在则是有学术无思想。"我认为，这个看法不仅不合乎实际，而且把"学术"与"思想"割裂开来也是站不住脚的。无论是二十世纪八十年代还是二十世纪九十年代的文化研究，我认为，许多学者都在努力朝着通过学术文化的研究来为中国文化的复兴和走向世界寻找可行之路。在这过程中可能有这样那样的缺点，但这都是推动中国社会走向现代的问题，它将会在大家的努力下不断被克服。

我认为，我们这些从事学术文化工作的学者，尽管学术观点不同，学术风格不同，所采用的方法不同，但只要大家有一个复兴中国文化，并使中国文化与现时代世界文化发展的总趋势接轨，以及不是浮泛地而是认真地吸收西方的和东方其他民族的文化的愿望，且具有一种宽大的胸怀，那么中国文化将对世界文化做出有价值、有意义的贡献。

"会东西之学，成一家之言"

最近北京大学哲学系学生会举办了"97学术文化节"，这是一次推广阅读的活动。应青年学生之邀，让我在会上讲几句话。我看到他们向全校同学发出的"读书倡议书"中引用了一句司马迁的话："究天人之际，通古今之变。"我觉得用这句话激励同学读书是非常好的，但是不是可以加上一句，使之成为：

> 究天人之际，通古今之变；会东西之学，成一家之言。

在两千多年前司马迁的时代，如果能"究天人之际，通古今之变"，那当然可以"成一家之言"。但到二十世纪，特别是到今天的信息时代，也许要"成一家之言"就不够了。因为我们只了解我们自己的学术文化，而不了解其他民族、国家的学术文化，大概就难以"成一家之言"。季羡林先生曾在一本书的序言中说："近现代同以前许多时代，都有所不同。举一个具体例子，就是俞曲园（樾）先生和他的弟子章太炎（炳麟），在他们师徒二人身上体现了中国十九世纪末至二十世纪初学术发展的一大转变，俞曲园能熔铸古今，但章太炎在熔铸古今之外，又能会通中西。"如果说，二十世纪初必须能"熔铸古今，会通中西"才能在学术文化上有所成就，那么今天到了二十世纪末更应该如此了。

如果说，人文学科主要是文史哲，而中国学术文化传统，有成就的大学者往往都是集三者于一身，孔孟老庄如此，程朱陆王也是如此。司马迁讲的"究天人之际"大体上就是哲学方面的问题；"通古今之变"应是历史学方面的问题，而《史记》本身也是一部非常好的文学作品。

从中国学术文化传统看，重要的哲学家都是要研究"天（道）"和"人（道）"的关系的，他们把这个问题看成是宇宙人生最根本的问题。例如董仲舒答汉武帝策问时说，他讲的学问是"天人相与之际"的学问；汉朝的扬雄说："圣人存神索至，成天下之大顺，致天下之大利，和同天人之际，使之无间也。"以老庄思想为骨架的魏晋玄学，其创始人之一何晏说另外一位创始人王弼是"始可与言天人之际"的。唐朝的刘禹锡批评柳宗元的《天说》中的"自然之说"，他说："文信美矣，盖有激而云，非所以尽天人之际。"宋朝的哲学家邵雍说得更明白："学不际天人，不足以谓之学。"可见，"究天人之际"是中国学术文化的一个非常重要的传统。之所以如此，我认为，中国学者自古以来不仅把哲学看成是一种"知识"的对象，而且是一种提高人生境界的学问。他们追求的是"为天地立心，为生民立命"。

"通古今之变"当然是历史学的问题。"历史"可以分两个层次，一是事实的历史，一是叙述的历史。前者重在把历史事件弄清楚，所以考证非常重要；后者则进一步要对历史事件做出价值判断，所以历史观非常重要。而中国传统"史学"除注重历史事件的考证外，同样非常注意对历史事件做出价值判断，即要对历史事件有所褒贬，这是为了"以史为鉴"。如贾谊在他的《过秦论》中说："前事不忘，后事之师。"司马迁说他创作《史记》是在于"居今之世，志古之道，所以自镜也，未必尽同"。而司马光创作《资治通鉴》的目的更明确，是要"断之以邪正，要之于治忽"，让皇帝有所借鉴。所以我想，"史学"不仅是描述历史事实，而且要对历史事件做出价值判断，孟子说："春秋无义战。"这是对春秋那一段历史事件做价值判断。大概在历史上真正有成就的史学大师，要有其对历史事件所做出的独特的价值判断，什么是"正义"的，什么是"非正义"的，即要分"正邪"。人类的历史都是人创造的，那么就有什么对人类社会发展有好处，什么没有好处的问题，这就是"善恶"问题。因此，我有一个不一定站得住脚的看法，如果说"哲学"是研究"真"（宇宙人生的真），"文学"是研究"美"（宇宙人生的美），那么"史学"是否可以说是研究"善"（人类社会的善）的。我国人文学科的文史哲（也就是我们常说的"国学"中最重要的部分）就是研究"真、美、善"的学问，而在中国传统中，这三者往往是合而为一的。

今天我们对人文学科的学习和研究，当然不能只限于我们自己国家的，必须学习和研究世界上其他国家和民族的一切有益的学术文化。罗素在1922年出访中国回国以后，写了一篇短文《中西文明比较》，其中有一段说："不同文明之间的交流过去已经多次证明是人类文明发展的里程碑。希腊学习埃及，罗马借鉴希腊，阿拉伯参照罗马帝国，中世纪的欧洲又模仿阿拉伯，而文艺复兴时期的欧洲仿效拜占庭帝国。在这许多交流中，作为'学生'的落后国家最终会超过作为'老师'的先进国家，那么中国最后也会超过她的老师的。"处在二十世纪过渡到二十一世纪之交，世界学术文化发展的总趋势应是在全球意识观照下的文化多元化发展，世界或将会出现一体多元的人类生活状态，它将是一个东西文化会合的世纪。如果我们要想对人类文明做出重大贡献，就不仅要"究天人之际，通古今之变"，而且还要"会东西之学"。

"观乎人文,以化成天下"

中国传统中,对人文精神和人文教育特别重视。我国古老的经典《周易》说:"观乎人文,以化成天下。"(《贲·彖辞》)意思是说,观察人类文明的进展,就能用人文精神来教化天下。可见我们的老祖宗已经非常重视用人文精神来进行教化了。所谓人文教化就是用人文精神教化人。那么人文精神从何而来?照《周易》看,它是在人类历史文化的发展过程中积累起来的。在我国的长期历史发展中积累了许多人文精神对人们进行教化的宝贵经验,这些无疑是我们宝贵的财富,应当珍视,例如我国伟大的思想家、教育家孔子说:"德之不修,学之不讲,闻义不能徙,不善不能改,是吾忧也。"(《论语·述而》)不修养德性,不讲究学习,听到符合道义的话而不能跟着做,有了过错而不知改过,这些都是孔子所忧虑的。孔子这段话可以说是对我国古代"人文教化"很好的总结。我们这个民族的"人文精神"是什么？我想就是孔子说的要讲道德、讲学问，要使自己的行为符合道义，要勇于改正自己的错误。一句话：受教育，学知识，首先要学会"做人"。

在当今科学技术高度发展的情况下，我们必须注意到，科学技术虽然可以造福人类社会，但也可能严重地危害人类社会。今天，我们可以看到，有些科技的利用（甚至它的发展）并不都能造福人类，例如"克隆人"的问题、生化用作战争的手段等。那么，我们应如何引导科技的发展呢？这应该是非常重要的问题。同时，我们还可以看到，由于金钱和权力的诱惑，当前存在严重的不顾道义，用非常不道德、损人利己的手段争权夺利的现象，致使人们失去了理想，丧失了良心，使人类社会成为无序的、混乱不堪的社会。我想，当前我们必须用"人文精神"来引导人们的思想和行为，那么什么是"人文精神"？这可能是个"仁者见仁，智者见智"的问题。我想，如果从我国历史来看，也许孔子的"仁学"可以说是一种"人文精神"的代表。他的"仁学"当然包含了上面所说的"修德""讲学""徙义""改过"等。但我想，最根本的是要人有一种"爱人"的精神。

那么我们到何处去了解、体会孔子"爱人"的人文精神呢？我认为，最好的办法是读《论语》。《论语》不仅记载了孔子的言论（他的思想），而且可以从中看到他的为人行事。这里，我只想说一点我对孔子"爱人"的人文精神的体会。《论语》记载，樊迟问"仁"，孔子回答说："爱人。"这种"爱人"的思想从何而来？在《中庸》里有孔子的一段话："仁者，人也，亲亲为大。""仁爱"的精神是人自身所具有的，而爱自己的亲人是出发点，是基础。如果连自己的父母都不爱，还会爱别人吗？有一个调查报告，调查对象是美国13所高中的1005名学生，日本15所高中的1303名学生，和中国大陆22所高中的12,201名学生。在回答"最受你尊敬的人物是谁"这个问题时，美国学生把父亲排在了第一，母亲排在第三；日本学生排第一的也是父亲，第二是母亲；而中国学生却没有一个人将父母列入受自己尊敬的人物的前十名。这里说明了两个问题，一是确实有些父母不值得尊敬；另一是众多的中国学生对自己的父母没有一点"爱心"。这两方面的问题都应让我们深思，看来对学生要进行"仁爱"的人文教育。但"仁"的"爱人"精神不能停止于只爱自己的亲人，郭店楚简中说："亲而笃之，爱也；爱父，其继之爱人，仁也。"笃实地（实实在在地）爱自己的父亲，这只是爱；扩大到爱别人，这才叫"仁"。又说："孝之放，爱天下之民。"对父母的孝心要放大到爱天下的老百姓，才叫"仁"。这就是说，孔子儒家的"仁学"，必须由"亲亲"（爱自己的亲人）扩大到"仁民"（扩大到对老百姓有"仁爱"之心）。也就是说，做什么都要"推己及人"，要做到"老吾老以及人之老，幼吾幼以及人之幼"，才叫"仁"。

做到"推己及人"并不容易，必须把"己所不欲，勿施于人""己欲立而立人，己欲达而达人"作为"为仁"的准则。如果要把"仁爱精神"推广到整个社会，这就是孔子说的："克己复礼为仁。一日克己复礼，天下归仁焉。为仁由己，而由人乎哉？"有的学者把"克己"与"复礼"解释为平行的两个方面，我认为这不是好的解释。所谓"克己复礼为仁"，是说，只有在"克己"（克制自己的私欲）基础上的"复礼"才叫"仁"。费孝通先生对此有一解释，我认为很有意义，他说："克己才能复礼，复礼是取得进入社会、成为一个社会人的必要条件。扬己和克己也许正是东西文化差别的一个关键。""仁"是人自身内在具有的品德，"礼"是规范人们的社会行为外在的礼仪制度，它是为了调节社会中人与人之间的关系，使之和谐相处，"礼之用，和为贵"。要人们遵守礼仪制度，必须出乎人的自觉的"仁爱"之心（内在的真诚的"爱人"之心），这才符合"仁"的要求，所以孔子说："为仁由己，而由人乎哉？"对"仁"

与"礼"的关系,孔子有非常明确的说法:"人而不仁,如礼何?人而不仁,如乐何?"没有"仁爱"之心,"制礼作乐"只是一种形式,甚至可以说是为了骗人的,它是虚伪的。所以孔子认为,有了出自真诚的"仁爱"之心,并把它按照一定的规范实现于日常社会生活之中,这样社会就会和谐安宁了,"一日克己复礼,天下归仁焉"。如果我们把《论语》中这种"仁爱"精神,结合现实存在的问题,结合学生的思想状况,通过阅读文化典籍,使之了解中国文化精神,而且要对孔子儒家思想"仁爱"的内在精神产生一种感情上的共鸣,诵读一些古典名著的名篇、名句非常必要,最好能背诵。通过诵读,可以起到"以情化理"的作用,使之成为日常生活的准则,这将是一生受用不尽的。

费孝通先生提出"文化自觉"的问题。这就是说我们应该对自身文化的来历、形成的过程及其特点(包括优点和缺点)和发展的趋势等能做出认真的思考和反省,我认为这非常重要。而"文化自觉"也许最主要的就是通过阅读或诵读文化经典才能得到。例如我上面举的孔子"仁学"的例子,我们必须读孔子的《论语》以及其他一些儒家典籍才能得到"仁学"的真精神。我想,我们阅读我们的文化经典以提高我们的人文素养,绝不能把它和阅读其他民族和国家的重要经典分割开来。我们知道,今天的中国已不是古代的中国。今天的中国是在经济全球化、科技一体化、信息网络化的世界大环境之中,世界已经连成一片,像是一个地球村。因此,我们也不能不了解其他民族和国家的文化,而且对我们自身文化精神的了解也离不开对其他民族和国家文化的了解,"不识庐山真面目,只缘身在此山中。"如果我们能从"他者"的角度来看我们的文化,一方面,可以加深我们对自身文化的理解,而更加珍视我们自己的文化传统;另一方面,也可以在比较中发现我们自身文化的不足,使我们能够自觉地吸收其他民族的文化,以滋养我们自身的文化。因此,在提倡诵读我们自身文化经典的同时,也应该引导青年学生诵读一点其他民族文化的经典。例如,我们可以让学生读一点柏拉图的著作,例如柏拉图《理想国》的片段。柏拉图认为:"善在生活里表现出来的特性是(1)适度;(2)均衡,美,完整;(3)理性与智慧,亦即真理;(4)知识,技术,正确的判断;(5)不伴有痛苦的纯粹快乐,以及适宜的食欲满足感。"这样的思想可能对我们有启发。我们也可以读一点《圣经》,例如耶稣的"登山训诫"(《马太福音》第五章)。当然还可以选读其他一些西方经典片段,也可以选读一些印度经典(如《奥义书》和佛典)和伊斯兰教《古兰经》的片段等。有些经典最好读英译本,这样可以帮助我们更好地掌握一门外语。我们应让我们的青年学生眼界开阔一点，用一句套话就是"胸怀祖国，放眼世界"。祖国的繁荣富强要靠青年人的智慧眼光，世界的前途也要靠青年人的智慧的眼光。而这些都要求我们的青年学生有"文化自觉"，而"文化自觉"一定要通过对文化经典的掌握，才能使他们有良好的人文素质。这应是我们老师对他们进行"人文教育"的不可推卸的责任。

"自由为体,民主为用"

对"中体西用"的批评,说它误用了"体"和"用",早在严复就开始了。严复曾在一封信中批评"中体西用",他引用别人的话说,"体用者,即一物而言之","体"和"用"是就一统一物而说的,"有牛之体则有负重之用,有马之体则有致远之用,未闻以牛为体以马为用也"。不能牛体马用,体用是就一物而言的。中西是两个东西,你把不同的东西放在一起,就是以牛为体,以马为用,他批评了中体西用。本来不能用"体用"来说明中西学的关系。严复在另一篇文章《原强》中,分析了中国社会和西方社会,他用"体"和"用"的关系来说明西方社会。"盖彼(西方)以自由为体,以民主为用"——西方社会"以自由为体,以民主为用"。我认为,严复的这个观点非常重要。他对西方社会"以自由为体，以民主为用"的概括，抓住了西方社会的本质。"自由为体，民主为用"，不仅现代西方社会是这个样子，现代东方社会也应是这个样子，而且一切现代社会都应是这个样子，都应该"以自由为体，以民主为用"，这就是我讲的时代性。

现时代就是"以自由为体，以民主为用"。为什么呢？"自由"是现代的精神，"民主"是保证人们实现"自由"的根本制度。那么，现代社会之所以不同于古代社会和中古社会，我认为其主要的特征，就是可以较好地调动人们的创造力。"自由"的本质即创造力，它是现时代的时代精神。我们可以看到，近两三个世纪以来，自然科学、技术科学、人文学科、文学艺术等方面（我一般不用人文科学这个词，因为人文不能叫科学，而应叫学科，它与自然科学不同。文学艺术也不是科学）都是日新月异的，生产力高度发展。自然科学、生产力日新月异，不断发展提高，只能是在人们得到了充分的自由的条件下才能取得，而思想自由是最基本的。个性的充分发展，自身价值和权利的获得，都是人作为自由的人觉醒了的表现。因此，我们可以说，创造力来源于"自由"。至于"民主"，它是一种制度，它可以是"共和的"，也可以是"君主立宪的"，也可以是"人民代表大会的"，等等，它的功能应是保证人们的"自由"得以实现。所谓保证人们的"自由"得以实现，即保证人们的创造力得以实现。

如果说古代社会，由于地域的隔绝，在同一时代，世界各民族社会的差异比较大。我们在以前，与欧洲就很少交通，两千年之前，我们和印度也没有交通，这是地域的隔绝，所以差异比较大。但到了近代，各个国家与民族之间，虽然在文化传统上仍有差异，但从时代性上看，则很难说本质上有差异。因此，如果以"体用"关系来说明什么是"现代"（或"现代社会"），我认为比较恰当的说法是"以自由为体，以民主为用"。当然，我们说现代社会本质上都应"以自由为体，以民主为用"，但并不是说所有的国家民族都一样。它们可以根据自己的条件，而采取不同的形式。因此，现代社会依然是一个多样化的社会。现代社会经历了两个多世纪的发展，由于"自由"作用的发挥，实际上达到一种非常重要的创造力的发挥与民主制度的日趋完善，这就使得西方国家不论在物质文明还是在精神文明方面，都远远超过以前几千年的发展。

小议"以德治国"

听说国内法学界不少人士认为,提出"以法治国",又提出"以德治国",似乎不大妥当。因为"以德治国"可能干扰"以法治国",可能削弱"以法治国"的力度。在刚刚提出"以德治国"时,就有朋友给我打电话说:"怎么又提出个'以德治国'?这岂不和'以法治国'发生矛盾吗?你应该写篇文章讨论讨论,说明这样不行。"当时我说:"我还搞不清'以德治国'是什么意思,不能乱写。"我虽然没有写文章,但却常常想,这究竟是个什么问题呢?我不是研究法律的,又算不上是个伦理学家,应该怎样来看待它呢?

有一天,我忽然想到《论语》上的一段话,似乎对这个问题有了一些看法。《论语·为政》:"子曰,道之以政,齐之以刑,民免而无耻;道之以德,齐之以礼，有耻且格。"这句话的意思是说，用政治手段来引导老百姓，用刑法来整治他们，老百姓只是暂时地免于犯罪，却没有廉耻之心；如果用道德来诱导他们，用礼仪来规范他们，那么，老百姓就不但有廉耻之心，而且会自觉地走上正道。这里，我不打算用训诂学的方法来注释和讨论"政""德""刑""礼"的含义及其在中国历史上的种种不同用法，只想讨论一下为什么孔子要把"政""刑"和"德""礼"看成是两个不同的方面。我认为这几句话包含有这样的意思：把"政"和"刑"看成是带有强制性和惩罚性的手段，"德"和"礼"则不是强制性和惩罚性的手段，而是一种启发老百姓自觉的教化的方法。这样的区分是不是对我们今天有所启示呢？提出"以法治国"，又提出"以德治国"，会不会把两种不同手段的功能混淆了呢？导致在具体运作上该用"法"的手段时，用了"德"的手段，而应该用"德"的手段时，却又用了"法"的手段。在我看来，"法治"是国家政权的功能，"法"带有强制性和惩罚性，它对老百姓的权利起着保护作用，又要求老百姓必须根据法律来尽应尽的义务。而"德"是不带有强制性和惩罚性的，它起着教化的作用，引导人们"向善"，提高人们道德上的自觉性。

从上面所引《论语》的话，可以看到"法"和

"德"有着不同的功能。国家政权一切都只能按法律办事。法律有具体条文规定，凡事皆有准则；"道德"则没有什么固定条文，是社会大众所尊重和自觉遵守的，常常由于情况的具体变化而有所不同，有很大的灵活性。有些人道德很高，有些人道德不那么高，这在各种社会都是如此，但对道德不高的人，只要他不犯法，就不能绳之以"法"，而只能对之进行教育。因此，也许用"以德育人"来代替"以德治国"会更好一些，因为"德"本来就不是像"法"那样用来"治国"，而是用来"育人"的。国家政权可以支持全社会用道德进行教化，尊重长期以来遵循的道德信念，但不能强制人们提高道德，而只能依靠社会力量来促进人们道德上的自觉性。政府提倡"以德育人"更加说明其对道德教化的重视，并使得人们了解全社会要担负起道德教化的责任，而政权机构则可以集中力量实行其"以法治国"的职责。

孔子儒家思想

在我国历史上儒、释、道三家并称,但三家在中华文化中的地位不同,儒家思想文化是中国文化的主体。从经典的体系来看,儒家所传承的"六经",都是在孔子以前已经形成的,这些经典是夏、商、周三代文明的精华;而孔子开创的儒家与先秦各家的最大不同,就是儒家始终以自觉传承"六经"为己任。"六经"所代表的中国古代文化正是通过和依赖于儒家的世代努力而传承至今。由于儒家具有如此深厚的历史文化根源,由于儒家的积极入世的实践精神,由于儒家所具有的深厚历史感、文化感、道德感,由于儒家在传承历史文化上的自觉努力,它的价值观逐渐成为中国社会价值观的主流。儒家"德治爱民"的政治文化、"孝悌和亲"的伦理文化、"文质彬彬"的礼乐文化、"远神近人"的人本取向，渗透到中国社会文化的各个方面。儒家哲学所强调的阴阳互补、和谐与永恒变易以及天人合一的宇宙观，成为中国古典哲学的重要基础。这些都深深地影响了中华民族的哲学、宗教、伦理、文学、艺术、科技、医药以至政治、经济诸多方面，成为中华民族的宝贵精神财富。

中华文化的儒家思想对世界文化也产生过重要影响，而且还在产生越来越大的影响。儒家思想早在公元一世纪前就传入东亚地区的各个国家与民族，其后在日本、朝鲜、越南等国都产生过广泛的影响。儒家思想文化对东亚地区各国各民族一直有着重大影响，这是尽人皆知的，同样对欧洲文化也产生过重大影响。中国文化的儒家思想早在一千多年前就通过丝绸之路传入欧洲，到十六七世纪又经欧洲的耶稣会传教士介绍到欧洲各国，到十八世纪曾在那里掀起一股"孔子热"。当时人称法国的启蒙思想家伏尔泰是欧洲的孔夫子，是世界上最伟大的思想家；德国哲学家莱布尼茨盛赞孔子及其学说，他认为中国社会有序，在道德政治方面大大超过西方。特别是1988年在法国巴黎召开的第一届诺贝尔奖获得者国际大会上，汉内斯·阿尔文（瑞典，1970年诺贝尔物理学奖获得者）博士在闭幕大会上说："人类要生存下去，就必须回到二十五个世纪以前，去汲取孔子的智慧。"

儒家思想文化曾在历史上对中国社会，也对世界各国各民族的社会发生过重大影响。那么对今天人类社会，以至将来人类社会是否还会有重大影响呢？我认为，孔子的儒家思想无疑仍会在当今甚至相当长的一个时期都是人类文明的宝贵财富。我们知道当今人类社会面临的最大问题是"和平与发展"问题。这就是说，当今人类社会要生存和发展必须实现"和平共处"，即要协调好人与人之间的关系，扩而大之就是要协调好民族与民族、国家与国家、地域与地域之间的关系。儒家的"仁学"可以为这方面提供有价值的资源。人类要"共同发展"，就不仅要协调好人与人之间的关系，而且还要协调好人与自然之间的关系。儒家的"天人合一"的思维模式可以为这方面提供十分有意义的资源。

一、儒家的"仁学"为协调"人与人"（包括民族与民族、国家与国家、地域与地域）之间的关系提供宝贵的有价值的资源

郭店楚简《性自命出》中说："道始于情。"这里的"道"说的是"人道"，即人与人的关系的原则，或者说社会关系的原则，和"天道"不同。"天道"是指自然界的运行原则或宇宙的运行原则。人与人的关系是从

感情开始建立的,这正是孔子"仁学"的基本出发点。《中庸》引孔子的话说:"仁者,人也,亲亲为大。"但是"仁"的精神不能只停止于此。郭店楚简中说:"亲而笃之,爱也;爱父,其继之爱人,仁也。"非常爱自己的亲人,这只是爱,爱自己的父亲,再扩大到爱别人,这才叫"仁"。"孝之放,爱天下之民。"对父母的孝顺要放大到爱天下的老百姓。这就是说,孔子的"仁学"是要由"亲亲"扩大到"仁民",也就是说要"推己及人",要做到"老吾老以及人之老,幼吾幼以及人之幼",才叫"仁"。做到"推己及人"并不容易,必须把"己所不欲,勿施于人""己欲立而立人,己欲达而达人"的"忠恕之道"作为"为仁"的准则。(朱熹《四书集注》:"尽己之谓忠,推己之谓恕。")如果要把"仁"推广到整个社会,这就是孔子说的:"克己复礼为仁,一日克己复礼,天下归仁焉。为仁由己,而由人乎哉?"

自古以来把"克己"和"复礼"解释为两个平行的方面,我认为这不是对"克己复礼"的好的解释。所谓"克己复礼为仁"是说,只有在"克己"基础上的"复礼"才叫"仁"。费孝通先生对此也有一解释。他说:"克己才能复礼,复礼是取得进入社会、成为一个社会人的必要条件。扬己和克己也许正是东西方文化差别的一个关键。"我认为这话是很有道理的。朱熹对"克己复礼为仁"的解释说:"克,胜也。己,谓身之私欲也。复,反也。礼者,天理之节文也。"这就是说,要克服自己的私欲,以便使之合乎礼仪制度规范。"仁"是人自身内在的品德("爱生于性");"礼"是规范人的行为的外在的礼仪制度,它的作用是调节人与人之间的关系使之和谐相处,"礼之用,和为贵"。要人们遵守礼仪制度必须是自觉的,出乎内在的"爱人"之心,才符合"仁"的要求。所以孔子说:"为仁由己,而由人乎哉?"对"仁"和"礼"的关系,孔子有非常明确的说法:"人而不仁,如礼何?人而不仁,如乐何?"没有仁爱之心的礼乐那是虚伪的,是为了骗人的。所以孔子认为,有了追求"仁"的自觉要求,并把这种"仁爱之心"按照一定的规范实现于日常社会之中,这样社会就会和谐安宁了。

"一日克己复礼,天下归仁焉。"这种把追求"仁"的要求作为基础的思想实践于实际生活中,就是《中庸》中说的"极高明而道中庸"。"极高明"要求我们追求哲学上的最高原则,即"仁";"道中庸"要求我们按照一定的规则将其("中庸":做到恰到好处,不偏不倚,不过也无不及)实现于日常生活中,而"极高明"和"道中庸"是不能分成两截的。这就是中国传统文化中的最高理想"内圣外王之道"。中国传统认为只有道德人格最高尚的人(内圣)才宜于做"王",而道德人格最高尚的人不能只是"独善其身",而必须兼利天下,所以《大学》中把"修身、齐家、治国、平天下"连成一个系列。我认为,孔子和儒家的这套思想,对于一个国家的"治国"者,对于现在世界上的那些发达国家(特别是美国)的统治集团不能说是没有意义的。"治国、平天下"应该行"仁政",行"王道",不应该行"霸道"。

如果说,孔子的"仁学"充分地讨论了"仁"与"人"的关系(或者说"人"与"人"的关系),那么孟子进一步讨论了"人"与"天"的关系。在中国古代"天"这一概念非常复杂,最早在商、周时期,"天"有"上帝"的意思,像是有意志的"最高神",到孔孟时代这种意思渐渐淡化,但"天"还带有目的性、能动性和有机性,无论如何"天"包含着"自然界"的意思。孟子说:"尽其心者,知其性也;知其性,则知天矣。"发挥人的内在的恻隐之心等,就可以知道人性本善(向善);知道人性本善,就可以知道"天"是生生不息的刚健的大流行,它有使人物生育长养的功能。《周易》中说:"天行健,君子以自强不息。"朱熹说得更明白:"仁者""在天地则坱然生物之心,在人则温然爱人利物之心,包四德而贯四端者也"。"天心"(自然界的要求)本"仁"(生生不息的),"人心"也不能不"仁","人心"和"天心"是贯通的,这就是说儒家的这套"仁学"作为一种学说实是一种道德形上学。故《中庸》中说:"诚者,天之道也;诚之者,人之道也。""天道"(自然界)的运行规律是真实无妄的,本然如此的;因此"人道"也应该真实无妄,信实无欺,自觉地按照"天道"的要求行事。所以儒家认为,人不仅不应"欺人",也不应该"欺天"。而现在的统治者,特别是像推行霸权主义的美国统治集团的领导者,不仅"欺人",而且"欺天",照中国传统思想的看法,这样的统治者不仅要受到人的惩罚,而且要受到"天谴"。

孔子的这套"仁学"理论虽然不能解决当今人类社会存在的"人与人之间关系"的全部问题,但它作为一种建立在道德形而上学之上的"律己"的道德要求,作为调节人与人之间关系的一条准则,使"人与人之间",并扩而大之使"民族与民族之间""国家与国家之间"和谐相处,无疑仍有一定的现实意义。

要使"人与人之间"和谐相处并不是一件容易的事。为此孔子提出"君子和而不同,小人同而不和"的主张。他认为,以"和为贵"而行"忠恕之道"的有道德有学问的君子,应该做到能在不同中求得和谐相处;

而不讲道德没有学问的人，往往强迫别人接受他的主张而不能和谐相处。这就是说，孔子把"和而不同"看成在人与人之间存在分歧时处理事情的一条原则。这一原则对于解决当今不同国家与民族之间的纷争应有非常积极的意义，特别是在不同国家与民族之间，因文化上的不同（例如宗教信仰的不同、价值观念上的不同）而引起的矛盾、冲突，把"和而不同"作为解决纷争的原则应更有意义。

在中国历史上一向认为"和"与"同"是不同的两个概念，有所谓"和同之辨"。《左传·昭公二十年》记载有晏婴与齐侯关于"和""同"的讨论。《国语·郑语》也记载了有关这个问题的讨论。可见"和"与"同"是两个不同的概念。中国传统文化的最高理想是"万物并育而不相害，道并行而不相悖"。"万物并育"和"道并行"是"不同"；"不相害""不相悖"则是"和"。这种思想为多元文化共处提供了取之不尽的思想源泉。

不同的民族和国家应该可以通过文化的交往与对话，在对话（商谈）和讨论中取得某种共识，这是一个由"不同"到某种意义上的相互"认同"的过程。这种相互"认同"不是一方"消灭"一方，也不是一方"同化"一方，而是在两种不同文化中寻找交汇点，并在此基础上推动双方文化的发展，这正是"和"的作用。不同民族和不同国家之间由于地理的、历史的和某些偶然的原因，形成了不同的文化传统，正因为有文化上的不同，人类文化才是丰富多彩的，才在人类历史的长河中形成了互补和互动的格局。文化上的不同可能引起冲突，甚至战争，但并不能认为"不同"就一定会引起冲突和战争。特别是在今天科学技术高度发展的情况下，如果发生大规模的战争，也许人类将毁灭自身。

因此，我们必须努力追求在不同文化之间通过对话实现和谐相处。现在中西许多学者都认识到，通过对话沟通不同文化之间的相互理解的重要性。例如哈贝马斯提出"正义"和"团结"的观念。我认为，可以把它们作为处理不同民族文化之间关系的原则。哈贝马斯的"正义原则"可理解为，要保障每一种民族文化的独立自主，按照其民族的意愿发展的权利；"团结原则"可理解为，要求对其他民族文化有同情理解和加以尊重的义务。只有不断通过对话和交往等途径才可以在不同民族文化之间形成互动中的良性循环。不久前去世的德国哲学家伽达默尔提出，应把"理解"扩展到"广义对话"层面。正因为"理解"被提升为"广义对话"，主体与对象（主观与客观或主与宾）才得以从不平等地位过渡到平等地位；反过来说，只有对话双方处于平等地位，对话才可能真正进行并顺利完成。

可以说，伽达默尔所持的主体——对象平等意识和文化对话论，正是我们这个时代所需要的重要理念。这种理念，对我们今天如何正确而深入地理解中外文化关系、民族关系等，具有重要的启示。无论是哈贝马斯的"正义"和"团结"原则，还是伽达默尔的"广义对话论"都要以承认"和而不同"原则为前提。只有承认不同文化传统的民族和国家可以和谐相处，不同的文化传统的民族与国家才能获得平等的权利和义务，"广义对话"才能"真正进行并顺利完成"。因此孔子以"和为贵"为基础的"和而不同"原则应成为处理不同文化之间关系的一条基本原则。

二、儒家的"天人合一"的思维模式可以为解决"人"与"自然"的矛盾提供极有意义的思路

西方文化在近三五百年中曾经对人类社会的发展产生过巨大的影响，使人类社会有了长足的前进。但是，时至今日，我们已经看到由于人类对自然的无量开发和无情掠夺，造成了资源的浪费、臭氧层变薄、海洋毒化、环境污染、生态平衡的破坏等，这种种可怕现象已经严重地威胁着人类自身生存的条件。1992年全球1575名科学家发表的《世界科学家对人类的警告》开头就说："人类和自然正

走上一条相互抵触的道路。"造成这种情况不能说与西方哲学"天人二分"的思想没有关系。罗素在他的《西方哲学史》中说:"笛卡尔的哲学……它完成了或者说极近乎完成了由柏拉图开端而主要因为宗教上的理由经基督教哲学发表起来的精神、物质二元论……笛卡尔体系提出来精神界和物质界两个平行而彼此独立的世界,研究其中之一能够不牵涉另一个。"这就是说,西方哲学曾长期把精神和物质看成各自独立的,是互不相干的,因此其哲学是以"外在关系"立论,或者说其思维模式是"心""物"为独立二元的。

然而,中国哲学在思维模式上与之有着根本的不同。中国的儒家认为研究"天"("天道",自然界的规律)不能不牵涉"人"("人道",人类社会的规律);研究"人"也不能不牵涉"天"。早在先秦时期就已经讨论过这个问题。郭店竹简《语丛一》中说:"《易》,所以会天道、人道者也。"《易经》这部书是讲会通天道和人道的所以然的道理的书。在对《易经》做哲学解释的《系辞传》中说:"《易》之为书也,广大悉备,有天道焉,有人道焉,有地道焉。"《易》这部书,广大无所不包,它包含着"天地"(天)的道理,也包含"人"的道理。《说卦》中说:"昔者圣人之作《易》也,将以顺性命之理,是以立天之道,曰阴与阳;立地之道,曰柔与刚；立人之道，曰仁与义，兼三才而两之。"（古代的圣人作《易》是为了顺乎性命的道理，所以用阴和阳来说明"天道"，用刚和柔来说明"地道"，用仁和义来说明"人道"，把天、地、人统一起来看都表现为乾坤）所以宋儒张载注说："三才两之，莫不有乾坤之道也。《易》一物而合三才，天（地）人一，阴阳其气，刚柔其形，仁义其性。"

《易》是把天、地、人统一起来看的，所以天人是一体的。在这里张载用的是"天人一"，这是有道理的，因为"天"可以包含"地"，所以《易经》讲的"三才"实际上是认为"人"和与人相对应的"天地"是统一的一体。这种"天人合一"的思维模式到宋朝的理学家那里就更加明确了。例如程颐说："安有知人道而不知天道者乎？道，一也。岂人道自是一道，天道自是一道？"照儒家看，不能把"天""人"分成两截，更不能把"天""人"看成一种外在的对立关系，不能研究其中一个而不牵涉另一个。朱熹说："天即人，人即天。人之始生，得之于天也；既生此人，则天又在人矣。"天离不开人，人也离不开天。人之初产生虽然得之于天；但是既生此"人"，则"天"全由人来彰显。如无人则如何体现"天"的活泼泼的气象，如何"为天地立心"。"为天地立心"就是"为生民立命"，不得分割为二。孔子说："人能弘道，非道弘人。"只有人才

辑三　学问与致知

可以使"天道"发扬光大，如果人不去实践"天道"，"天道"如何能使人完美高尚呢？郭店竹简《语丛一》："知天所为，知人所为，然后知道。知道然后知命。"知道了"天道"（自然运行的规律）和"人道"（社会运行的规律），然后知道"天"（自然界）和"人"（社会）发展的趋势。孔子说："知天命。""知天命"即是了解"天"的运行发展的趋势。因此，在中国传统哲学中，"天"（自然界）是有机的、连续性的、有生意的、生生不息的，与人为一体的。

王夫之的《正蒙注·乾称上》中说："抑考君子之道，自汉以后，皆涉猎故迹，而不知圣学为人道之本。然濂溪周子首为《太极图说》，以究天人合一之原，所以明夫人之生也，由天命流行之实，而以其神化之粹精为性，乃以为日用事物当然之理，无非阴阳变化自然之秩序，有不可违。"我们考查学者的学说，从汉朝起，都只是抓到先秦学说的外在的现象，而不知道《易经》是"人道"的根本，只是从宋初的周敦颐开始提出了《太极图说》，探讨了天人合一的道理，阐明了人之始生是"天道"变化产生的结果，在"天道"变化中把它的精粹部分给了人，使之成为"人性"，所以"人道"的日用事物当然之理，就是"天道"阴阳变化的秩序，"人道"和"天道"是统一的，这点是不能违背的。

王夫之这段话，可以说是对儒家"天人合一"思想，也是对《易经》的"所以会天道、人道者也"的很好的解释。"人道"本于"天道"（因为"人"是"天"的一部分），讨论"人道"不能离开"天道"，同样讨论"天道"也必须考虑到"人道"，这是因为"天人合一"的道理既是"人道"的"日用事物当然之理"，也是"天道"的"阴阳变化自然之秩序"。张载对《易》的解释说："儒者则因明致诚，因诚致明，故天人合一，致学而可以成圣，得天而未始遗人，《易》所谓不遗、不流、不过者也。"王夫之注说："诚者，天之实理；明者，性之良能。性之良能出于天之实理，故交相致，而明诚合一。"所谓"不遗"是据《系辞》"与天地相似，故不违"，意思是说《易》这部书包括了天地万物的道理而无遗漏；所谓"不流"是据《系辞》"旁行而不流"，韩康伯注谓："应变旁通而不流淫"，意思是说，天地万物在变化中而有秩序；所谓"不过"是据《系辞》"知周乎万物，而道济天下，故不过"，意思是说，对万物普遍地施与而没有差错。

王夫之对张载关于《易经》的解释，应该说能抓住要旨，他把儒家的"诚明合一"解释为"天人合一"应说很高明，因为"诚"是"天之实理"（自然界的实实在在的道理、规律），"明"是人性中最智慧的能力，

"明"则可以成圣,而"圣学"为"人道"之本,故《易》"得天而未始遗人",《易》讲"天道",同时也是讲"人道"的。这说明《易》确乎是阐明"天人合一"的道理的经典。我们讨论"天人合一"这样一种思维模式,是要说明"人"和"自然"存在一种内在的关系,我们必须把"人"和"自然"的关系统一起来考虑,不能只考虑一个方面,不考虑另外一个方面。"天人合一"这一由《周易》所阐发的命题,无疑是儒家思想的重要基石。因此,我们说"天人合一"作为一种思维模式,对今天解决"人"和"自然"的关系应该说有着正面的积极意义。

郭店楚简有一篇《性自命出》中说:"性自命出,命由天降。"这里的"命"是指"天"之所"命","性"是出自"天"之所"命","命"是由"天"赋予的。(《礼记注疏·中庸》"天命之谓性",注曰:"天命,谓天所命生人者也,是谓性命。"《朱子语类》卷六十二谓:"命虽是恁地说,然亦是兼付与而言。")"性"是由"天"决定的,非人力所及,因此"天命"是一种超越的力量,"人"应对"天"有所敬畏,"畏天命",应"知命"。但"天"并非死寂的,而是活泼泼的,是无方所的。故《系辞》上谓:"神无方而易无体。""天"虽是超越的,又是内在的,内在于"人",孟子曰:"存其心,养其性，所以事天也。夭寿不贰，修身以俟之，所以立命也。""养性"，即是"事天"；"修身"，即是"立命"，故"天"又内在于"人"。合而言之，"天"之与"人"是一种内在超越的关系。所以《语丛一》中又说："知天所为，知人所为，然后知道，知道然后知命。"知道"天"的道理（运行规律），又知道"人"的道理（为人的道理），即"社会"运行的规律，合两者谓之"知道"，"知道"然后知"天"之所以是推动"人"的内在力量（天命）之故。这是由于"人"是内在于"天"的。故孔子说："五十而知天命。""知天命"即是依据"天"的要求而充分实现由"天"得来的"天性"。故人生之意义就在于体证"天道"，人生之价值就在于成就"天命"，故"天""人"之关系实为一内在关系。"内在关系"与"外在关系"不同。"外在关系"是说在二者（或多者）之间是各自独立的、不相干的；而"内在关系"是说在二者（或多者）之间是不相离而相即的。

"天人合一"这一《易》所阐发的命题，是中国儒家思想的重要基石。儒家哲学认为在"天"和"人"之间存在一种"内在关系"，两者是相即不离的。因此，研究其中之一不能不牵涉另一个。我们在考虑人类自身问题时必须考虑"自然界"的问题，忽略了这一点，人类就要受到惩罚。当今人类不正是由于严重地忽略了这种

"天"与"人"相即不离的内在关系，而使"人类和自然正走上一条相互抵触的道路"吗？

由《易经》提出的"天人合一"思想（即"《易》，所以会天道、人道者也"的思想）作为一种思维模式对解决当前"生态问题"，或可有几点启发。

（1）我们不能把"人"和"天"看成对立的，这是由于"人"是"天"的一部分，"人之始生，得之于天也"。作为"天"的一部分的"人"，保护"天"应该是"人"的责任。破坏"天"就是对"人"自身的破坏，"人"就要受到惩罚。因此，"人"不仅应"知天"（知道自然界的规律），而且应该"畏天"（对自然界应有所敬畏）。现在人们强调"知天"（所谓掌握自然规律），只是一味用知识来利用自然，以至于无序地破坏自然，把"天"看作征服的对象，而不知对"天"有所敬畏，这无疑是"科学主义"极端发展的表现。"科学主义"否定"天"的神圣性，从而也否定了"天"的超越性，这样就使人们在精神信仰上失去了依托。中国人的"天人合一"学说认为，"知天"和"畏天"是统一的，"知天"而不"畏天"，就会把"天"看成一死物，而不了解"天"乃是有机的、生生不息的刚健的大流行。"畏天"而不"知天"，就会把"天"看成外在于"人"的神秘力量，而"人"则不能体现"天"的活泼泼的气象。"知天"和"畏天"的统一，正是说明"天人合一"的一个重要方面，从而表现着"人"对"天"的一种内在的责任。

（2）我们不能把"天"和"人"的关系看成一种外在关系，这是因为"天即人，人即天"，"天"和"人"是相即不离的。"人"离不开"天"，离开"天"则"人"无法生存；"天"离不开"人"，离开"人"则"天"的活泼泼的气象无以彰显。这种存在于"天"和"人"之间的内在关系正是中国哲学的特点。如果"人"与"天"是一种外在关系（即它们是相离而不相干的），那么"人"就可以向"天"无限制地索取，而把"天"看成敌对的力量，最终人将自取灭亡。"《易》，所以会天道、人道者也"正是要说明"天道"和"人道"是统一的，不能在"天道"之外去找"人道"，同样也不可以在"人道"之外找"天道"，宋明理学对这点看得很明白。程朱的"性即理"和陆王的"心即理"对"天""人"关系入手处不同：程朱的"性即理"是由"天理"的超越性而推向"人心"的内在性，"天理"不仅是超越的而且是内在的，同样"人性"不仅是内在的，而且是超越的。陆王的"心即理"是由"人心"的内在性而推向"天理"的超越性，"人心"不仅是内在的，而且是超越的；"天理"不仅是超越的而且是内在的。因此，我们可以说，中国哲学是以"内在超越"立论的。既然中国哲学是从其"内在超越性"方面讨论"天人关系"的哲学，也就是说"天"和"人"不仅不是对立的，而且存在内在的相即不离的关系。不了解一方，就不能了解另一方；不把握一方，就不能把握另外一方。所以说，"为天地立心"就是"为生民立命"，不可分为两截。

（3）"天"和"人"之所以有着相即不离的内在关系，皆因为"天"和"人"皆以"仁"为性。"天"有生长养育万物的功能，这是"天"的"仁"的表现。"人"既为"天"所生，又与"天"有着相即不离的内在关系，那么"人"之本性就不能不"仁"，故有"爱人利物之心"。如果"天"无生长养育万物的功能，"人"如何生存，又如何发展？如果"人"无"爱人利物之心"，无情地破坏着"天"的"生物之心"，同样"人"又如何生存？从"天"的方面说，正因为其有"生物之心"，它才是生生不息的、活泼泼的、有目的的有机体。从"人"的方面说，正因为其有"爱人利物之心"，人才与天、地并列为三才。因此，中国哲学认为，不能把"天"和"人"看成是不相干的两截，不能研究其中之一而不牵涉另一个。

今天，中华民族正处在伟大的民族复兴的前夜，重新回顾我们这个民族文化的根源及其不断发展的历史，必将对我国社会顺利发展发挥重大的作用。《尚书·尧典》中说:"协和万邦。"中华民族是一个伟大的民族,有着悠久灿烂的历史文化传统。它的文化对人类社会无疑是极为宝贵的财富。我们对这个文化遗产必须善于利用,使之能对当前人类社会"和平共处""保护自然"做出积极的贡献。

对中国传统哲学的哲学思考

台湾的一家出版社约我写一本书,叫《我的学思历程》。其中有一章,主要讲我对中国传统哲学的思考,这本来是去年的事,今年才写完。我对中国传统哲学的一些问题都做过一些思考,我想把它再深化一下,所以写了《我的学思历程》那本书。

大家都知道,从世界的范围看,最近出了一篇相当重要的文章,就是亨廷顿的《文明的冲突》。大陆摘译了,但台湾的《时报》译得更详细。香港的《二十一世纪评论》全文译载,而且附了三篇文章对他的思想进行回应。亨廷顿的最基本的思想是:二十世纪全世界的冲突主要是由意识形态和经济引起的,而二十一世纪,冲突是由于文化的原因。他的文章中,特别强调的是儒家文化、伊斯兰文化在全世界的影响,它将会对西方文化构成非常大的威胁。假如儒家文化与伊斯兰文化联手的话，西方文化将会非常困难。亨廷顿的文章总体上还是站在西方中心主义的立场上来考虑的，西方怎样在二十一世纪对遇到的问题加以把握。《文明的冲突》还是很有意思的，我们可以不同意他的观点，但应该了解。现已有几篇文章表示不同意他的观点，《二十一世纪评论》有三篇。他的文章引出一个问题，即二十一世纪文化会越来越会通和融合吗？在上面提到的那次讨论会上，社科院的李慎之就这一问题发表了他的意见。他认为，将来可能是走向融合，而不是越来越对抗。

在亨廷顿的这篇文章中，我们从西方社会看，近四五年，后现代主义非常流行。二十世纪八十年代末期，在后现代主义流行的同时，后殖民主义理论出现了，它是针对西方现代主义来的，对现代主义的理论的明晰性、确定性、终极性以及理论体系的完整性，后现代主义均加以否定。后现代主义的理论是基于西方的极端个体化所造成的非常模糊化、不确定性，以反对中心主义和随意性，而且也反对文化传统。这种理论在西方相当流行，它从文学理论发展到整个文化理论。与此同时，出现了后殖民主义。主要的代表是萨义德，他提出了东方主义。萨义德这部分人，反对用西方的理论来解释东方的社会和历史，批评了西方所谓的"东方学"。

从二十世纪八十年代,我逐渐注意到,西方有一股思潮,希望从东方文化中吸取营养。如二十世纪八十年代担任世界哲学联合会会长的高启,加拿大人,他在第十七届世界哲学大会上,发言的主要内容是:在过去的一二百年间,由于西方的技术经济占尽优势,所以在哲学人文领域也就自居领导地位。而现在东方的经济技术赶上来了,这是西方觉醒、虚心向东方智慧学习的时候。美国神学家霍桑,八十多岁,他也支持这个观点。他特别欣赏中国哲学,像孟子的思想。他认为孟子没有将心脑打成两片,思想和情感不可分割的观点是比较好的。他说,如计算机,不能思、不能感,它的运作是不能与人类思维混为一谈的,他也认为西方要向东方的智慧学习。在那个会上,特别是国际现象学学会的会长、一位女哲学家田缅尼卡,她提出中国至少有三点值得西方学习。第一是崇尚自然。第二是体证生生。生生是从《易经》来的,《易传》讲"生生之谓易",宇宙人生的变化是生生不息的。第三是德性实践。她认为,西方必须自求多福,西方向东方浮泛地吸收一些东西充门面是不行的,文化之间的对话是绝对必要的。她举例说,西方曾经受惠于东方,如莱布尼茨的普遍和谐的观念即是受东方文化的影响。为什么会出现一些西方的学者提出西方应向东方或中国文化吸取一些营养的倾向呢?他们并不是认为东方文化要代替西方文化，而是西方文化要向东方文化吸取营养，继续在世界上占主导地位。

从国内看，出现了一个文化热流。前一段时间，《人民日报》以一整版的篇幅登了一篇文章，叫《国学在燕园悄然兴起》。国学即中国文化，又悄然在燕园兴起。在国内也注意了对传统文化的研究。如有的学者讲，在二十世纪前两三个世纪，也许是西方文化占主导的世纪，可能二十一世纪以后，是东方文化的世纪或东方文化为主导的世纪。所谓"三十年河东，三十年河西"。"河西"的文化已经过去了，确实西方文化存在许多的问题，这是不可否认的。在以后，二十一世纪东方文化将为主导。香港的《中国社会科学季刊》上有一篇文章认为，我们过去讨论中国文化，比较早地讲中学为体、西学为用，如张之洞等。"五四"以后再现全盘西化的观念。八十年代又有人提出西学为体、中学为用，还有人提出中西互为体用。文章作者批评了西学为体、中学为用或中西互为体用。他认为，还是应该中学为体、西学为用。任何一个民族都有它的民族魂，它的民族魂即是它的体，其他文化都是拿来为它所用的，为它的体即民族魂所用。从国内看来也是这样一种情况。把国学提出来，把传统文化提出来，而且认为很可能二十一世纪是以中国文化为主导，我们国家应该是中体西用，等等。

这些问题到底该怎么看？我认为，对中国文化、中国传统哲学到底应该怎么看，是不是应该摆在当前整个世界思潮中来考察，把它置身于这样总的背景下来考察，才有可能看到中国传统文化或中国传统哲学的价值和存在的问题，才能看出它将来的发展趋势？所以，我就这一问题提出一些看法。为什么我把它叫作对中国传统哲学的哲学思考呢？其原因是，从1949年开始，我们对中国传统哲学，可以说主要进行了一种政治的思考，没有做哲学的思考，或很少做哲学的思考。做政治的思考也是比较简单化的、教条的。我们这一代人，解放以后接受的是日丹诺夫的哲学史定义，以此来研究中国哲学。按照日丹诺夫的定义，哲学史是唯物主义和唯心主义斗争的历史，唯物主义发生发展的历史，唯物主义是进步的，唯心主义是反动的。同时又学了列宁的《唯物主义和经验批判主义》讲的哲学的党性、恩格斯《路德维希·费尔巴哈与德国古典哲学的终结》讲的思维与存在的关系问题为哲学的基本问题。我们以这些思想剪裁中国哲学史，这显然不符合中国哲学史的面貌。当时研究中国哲学史，就是要最后判定它是唯物主义还是唯心主义。如果判定它是唯心主义，它就是反动的；如果是唯物主义，那它一定就是进步的。这显然是以政治标准代替哲学思考，而且用一些教条主义的方式来加以研究。在中国哲学史上，思维与存在的关系问题，是不是基本的问题？恩格斯本来主要也是讲"近代西方哲学"。我想古代西方哲学也不一定如此。以前在我们哲学系的汪子嵩先生，就认为古希腊哲学的基本问题不是思维与存在的关系问题，而是个别与一般的问题，这是古希腊哲学的基本问题。[1]当然这是可以探讨的。

从中国哲学史的整体看，思维与存在的关系问题能构成一个基本问题吗？这是不能构成一个基本问题的。在中国，认识论与道德、伦理学说结合在一起，根本没有独立出来，认识论非常不明显。而实际上，中国哲学讨论的最主要的问题是天人关系问题。从孔孟开始，到老庄，都是讲天人合一的，这是他们所讨论的基本问题，一直贯穿到王夫之、戴震。即使归结上去，也是非常勉强的。这样的框架，一直影响到以后，包括我们系的《中国哲学史》教材，那是较早编的，也是沿着这个框架下来的，并不能真正反映中国传统哲学的面貌。

那么，我们能不能从另外一个角度来考虑中国传统哲学呢？我想，把中国传统哲学作为一个整体来考察，可不可以这样来考虑。如果这个哲学是一个特殊的哲学，像中国哲学、印度哲学、西方哲学，大概总是有

---

[1] 参见汪子嵩：《亚里士多德提出的哲学问题》，《中国社会科学》1983年第4期。

它一套概念，一套由概念构成的命题；一些判断，然后由这些判断构造成一个理论体系。在中国哲学中就叫作类、故、理。类、概念，相对于命题来说总是同一层次的。有了概念，然后把概念联系起来就构成命题，由若干命题就可能构造出一套理论。任何哲学体系，都是由一套概念加上有一些判断，经过推论而成为理论体系。我们把中国哲学作为一个整体来看，它有没有一套概念，形成一些特殊的命题，构成一套理论？大概在1980年，我写过一篇文章《论中国传统哲学范畴体系的诸问题》，曾构造出一个传统哲学的范畴体系。当时写这篇文章的目的是要冲破原来的唯物唯心对立的框架，冲破思维与存在关系的框架。当然，我的那个范畴体系今天看起来是不太成功的。如果今天写，可能会更好些。当时考虑的基点在于这样做能否冲破原来的框架，把哲学史作为人类认识发展的历史来考察、把握，因为它每一阶段概念的提出，都表明了人的认识的深化。

1983年，我在美国碰到了新儒家的问题。以前我对儒学没有兴趣，可以讲不研究儒学。我是研究魏晋玄学的，还研究一点佛教、道教。从1983年考虑新儒家问题、新儒家的基本观念。熊十力等去世之后，牟宗三现在是新儒家的大权威。在他们的基本观念里，第一命题是，认为中国传统哲学的内圣之学，可以开出适应现代民主政治要求的外王之道来；第二命题是，中国的心性之学可以开出符合科学的认识论系统来，他们讲良知的坎陷，可以开出一套认知的系统。他大量采用康德的学说，来讨论中国的传统哲学。当时我想，中国的传统哲学究竟能不能开出科学与民主来。实际上他们是要求中国的传统哲学开出科学与民主，可是五四运动恰恰是用科学民主来反对传统文化。如果他们的理论能够成立，那么五四运动就是完全错误的了。我想，这条路可能是不对、走不通的。

因此我考虑，能不能从另一个角度考察中国传统哲学的价值，不必要求它开出科学与民主来，但它仍有价值。这样，在第十七届世界哲学大会上，我提交了一篇论文，就叫《关于儒学第三期发展的可能性的探讨》。为什么讲儒学的第三期发展呢？因为第一期儒学是先秦儒学，第二期儒学是宋明儒学，第三期儒学指现代儒学。现代儒学有无发展的可能性？我当时想，现代儒学只是在一个点上，可能有它的发展的可能性，也就是说，要给儒学一个定位，把它定在什么位置上。

这样，我在原来考虑的范畴的基础上，找出了三个命题，认为中国传统哲学的价值，在真善美问题上的价值，可能是"天人合一""知行合一"和"情景合一"。因为中国哲学无论儒家、道家还是后来的禅宗，都是讲天人合一的。从孟子开始,讲"尽心",发挥人本心的作用;"知性",那就可以了解人的本性是善的;然后"知天",达到与天为一的境界。道家讲顺应自然,达到"天人合一"。这是中国哲学中最核心的命题,而"知行合一""情景合一"是由它派生出来的。"知行合一"在中国主要不是一个认识论的问题,而是一个道德问题,是说知必须行,知行是统一的。王阳明讲,"一念发动处便是行",我们常常批评他销行归知,其实他下面还有一句,"发动处有不善,就将这不善的念克倒",这才是行。所以,他的知行合一主要是一个道德的命题。讲"情景合一"的人非常多,从南北朝的《文心雕龙》一直到王夫之、王国维,特别是王夫之的"情景一合,自得妙语",是说情景一结合,自然就有美妙的语言表现出来。所以我想,是不是可以把中国哲学中的真善美问题归结为"天人合一""知行合一""情景合一"。如果从最基本的命题来考虑,这三个命题可能是最基本的。而这三个最基本的命题中,最中心的是"天人合一"。"天人合一"照冯友兰先生的讲法,无非是叫人能够同于天了。在中国哲学里讲同于天,它主要的目的是教你如何做人,达到天人合一的境界;怎么做人,怎么做到人和自然、社会、他人的和谐,人身心内外的和谐。主要的目的在于此。

从这样的基本命题能否推演出一套理论?也许可以

推演出三个相互联系的理论体系来。一个是中国的内圣外王之道,这是政治哲学的问题,它是中国哲学的政治教化论;一个是内在超越的问题,这实际上是一个人生哲学问题,境界观的问题,它是中国哲学的修养论;一个是普遍和谐观念,这是中国哲学的宇宙人生论。

一、中国传统哲学中的内圣外王之道问题

"天人合一"无非是要求人如何做人,达到超凡入圣。儒佛都讲超凡入圣,道教到宋明以后也讲超凡入圣,儒、释、道都讲超凡入圣。所以,圣人是中国人格境界最高的人。由于中国哲学认为圣人是最高人格,是最有道德、最有学问的人,从传统哲学看,这种人最适宜做王,因此就有内圣外王之道。近代的一些学者,很多人认为内圣外王之道是中国哲学的精神,或中国学术的根本。梁启超读《庄子·天下篇》时就认为内圣外王之道一语最早出现在《庄子·天下篇》,内圣外王之道是中国学术的根本。冯友兰先生有本书叫《新原道》,其副标题叫"中国哲学之精神"。在冯友兰先生的这本书的序和结语中都讲内圣外王之道,认为内圣外王之道是中国最高的学问。还有熊十力。熊十力从《大学》的"三纲领八条目"讲"格物、致知、正心、诚意"是修

身的功夫,"齐家治国平天下"是外王的功夫。《大学》的下一句是"一是皆以修身为本",所有的一切都以修身为本。熊十力认为修身与外王是统一的,通过修身可以达到外王。

我想,中国哲学的长处与短处都表现在此。中国哲学的长处是非常强调人的道德修养,主张人应该有很高的道德修养,因为一切皆以修身为本。但是内圣之学能不能推出外王之道来呢?我想是不行的。如果"一是皆以修身为本",通过"格物致知,正心诚意"必定走向泛道德主义。儒家学说从一个角度来看,具有非常浓厚的泛道德主义的倾向。因此,在中国哲学的过去,可以看出一点来,就是把道德政治化,另一方面把政治道德化。把道德政治化,从中国历史看,往往美化了现实的政治;把政治道德化,则使道德屈从于政治。我想,内圣外王之道并不见得是中国学术的精华。内圣是很重要的,把中国传统哲学定在内圣上,非常恰当。由此推出外王之道,可能非常错误,这就导致中国社会是一个人治的社会而缺乏法治,它所考虑的是统治者的品德是否特别高、特别好。依靠这一点,我认为内圣和外王应该包含不同的内容,它应该是两套,不可能是一套。也就是说,新儒学对儒学没有一个定位,它的要求过多了,在内圣之学上发挥就可以了,为什么一定要推出与现代民主政治相适应的外王之道来呢?因此，我把儒学定位在内圣之学上，儒学对现代的意义，是内圣之学。我们应把内圣和外王分开。圣王都是假想的，在中国的实际生活中没有圣王，只有王圣，就是统治者把自己认作圣人。为什么会造成这种状况？就在于把内圣和外王连在了一起。为什么要使儒学发挥所有的功用呢？只要能发挥应有的功用就可以了。当然，对道家也该如此。现在的误解是，有些学者认为中国古代有民主观念。事实上中国古代只有"民本"思想，那不是现代的民主。中国一直延续到现在，是人治的社会，没有健全的法治，这和中国的传统有很大的关系。现在我们为什么不能吸收西方的呢？

我们再看西方社会。西方社会的毛病也非常多，吸毒、性骚扰、环境破坏、老人孤独等。但从整体上看，它还相对地比较稳定，它的稳定是依靠两套而非一套东西。一套是基督教，一套是其政治法律制度。从西方看，它是把基督教定位在自己的范围，基督教自身也如此，不涉及政治法律问题，如果它们协调得好，社会就可稳定。中国新儒家或熊十力以来的某些学者，希望推行内圣外王之道，并一直延续到现在，包括牟宗三，这就造成我们社会一直是人治占主导，从而很难建立客观有效的政治法律制度。这在中国传统哲学中是一个问题。

二、中国传统哲学中的内在超越问题

中国哲学与西方哲学的最大不同可能是它是以"内在超越"为特征的,不论是儒家、道家还是中国化了的佛教,都是内在超越的哲学体系。儒家认为,通过道德修养可达到超凡入圣,从孔孟开始就这样。孔子讲"人能弘道,非道弘人",道是由人发扬光大的,不是人靠了道就可以超凡入圣了,人的超凡入圣在于人对道的发扬光大。孔子又讲,"为仁由己",达到仁是靠自己,不是靠别人。儒家的这套主张,都是讲靠自己的内在的道德修养,来达到一个理想的境界。宋儒讲得更明确。朱熹讲,在没有人的时候,天理就存在在那儿了,有了人以后,天理就在人了,天理体现在人上面。他认为通过人的道德的提高,道德的升华,达到超凡入圣,这不是靠外力达到的,是靠自己。道家也一样,道家的庄子讲逍遥,《庄子》的第一篇叫《逍遥游》。人如何能达到一个自由的精神境界呢?庄子认为,人不能执着于外在的东西。《庄子》书中有一段孔子与颜回的对话。颜回告诉孔子,我觉悟了。孔子问,你怎么觉悟了。颜回道,我把仁义抛掉了。孔子讲,还不够。过几天,颜回又去找孔子说,我这回真正觉悟了,我把礼乐也抛掉了。孔子说,还不行。过了些时候,颜回再次去找孔子,说我"坐忘"了。什么叫坐忘呢?"黜聪明",我把这些智慧思考的东西抛掉了,"堕肢体",我对我的身体也不考虑了,我既不考虑思想性的东西,也不再考虑身体了,什么都不考虑了。孔子讲,你这回真正觉悟了。庄子讲,精神的解放必须把那些外在的东西、外在的力量都抛掉才获得真正的自由。道家的精神自由境界就是这样,魏晋玄学也如此。中国化的佛教特别是禅宗讲,"一念迷即众生",一个念头迷误就是众生;"一念觉即佛",一个念头觉悟了即是佛,完全靠自己内在的修养即可达到最高的境界。中国传统哲学,从儒、释、道看,都是以内在超越为特征的。西方与此不大一样。西方的基督教必须有一外在的超越力量的上帝,人要实现理想,必须有上帝的帮助才可达到。而西方的哲学,从古希腊开始,它的理念的世界,不是人可以达到的,人可以解释它,却不能达到。而中国哲学认为可以达到。西方的文化特别是基督教,是以外在超越为特征的,依靠外在力量的提升而实现超越,否则很难达到超越的境界。

中国这种以内在超越为特征的哲学,当然有它的意义。它比较强调人的主体性、自觉性和主动性。所以,在中国哲学中,对人是非常重视的。这和西方哲学不同,这一点我们下面再予以分析。中国哲学重视人,把人看成是三才之一,并看成是和天地并立的。《易经》讲天地人三才,而且人可以"参天地,赞化育",具有这样的能力。它相当重视人,这和印度不一样。印度把人和众生(动物)是放在一起的,在佛教传入中国后,就有了人和众生问题的争论,中国哲学很看重人在宇宙中的地位和作用。在四百多年之前,利玛窦到中国来,他相当欣赏中国儒家思想,把《四书》译为拉丁文。但他反对佛道二教。他认为,中国的圣人,他们讲的道德,和西方天主教的道德很相似。但是他在《天主实义》中批评了儒家思想。他说,儒家虽讲"明德之修",但"成德之人"非常少,即真正能够达到很高道德境界的人非常少,原因是什么呢?原因是他们没有一个上帝的观念,不去崇拜一个外在的力量。因此,"成德之人鲜见"。这就是说,四百多年前的利玛窦已经看到,中国哲学与西方哲学不大相同。西方讲外在超越,我们讲内在超越,我们讲"明德之修",西方讲"敬畏上帝"。

中国文化中这样一种内在超越,从一个意义讲,对人类是有价值的,有积极的意义,它对提高人们的主动性、自觉性,提高人的道德境界都是没有疑问的。我们可以从这一点给它做出现代的解释,使它在现代社会发挥作用。问题在于,光讲内在超越对一个社会够不够?西方社会的发展,在古罗马时代,基督教成为国教。基督教认为要有一个上帝,上帝是外在的力量,人的得救要靠上帝的帮助,人人在上帝面前平等。那么,人人在上帝面前平等，用在当时的社会政治上，就比较容易出现人人在法律面前平等的观念。所以，西方社会在基督教占统治地位的时候，罗马法也随即出现，有了法律面前人人平等的观念的产生。从这个意义上来看，外在超越的哲学，也有非常重要的意义。

我们能否这样设想，建构一个既能容纳内在超越，又能容纳外在超越的更高的哲学体系？如果可能的话，东西方哲学可以在多样化的基础上逐渐汇合而得以互补。这样，我们考察一下，中国哲学中有无外在超越的资源？如果完全没有的话，我们吸收起来就有许多的困难。如果有一些，我们能否把它发掘出来，让它起一定的作用？我想，实际上在中国传统哲学中，也有一些外在超越的因素。不说别的，就说孔子的哲学，他所强调的是"为仁由己"，是己之学。他说："古之学者为己，今之学者为人。"古代的人做学问，包括道德修养是为了提高自己的道德境界。而为人之学，照荀子的解释，是做给别人看的。为己之学是比较好的。在孔子的学说中还有另一面，是"畏天命，畏大人，畏圣人之言"。对天命要敬畏，具有神秘性。如果我们把它解释为客观的原则性，也是可以的。但后来对此就不再强调了，所强调的是内在超越的一面。另外还有墨子一派，讲"尚同"，尚同于天，认为天是有意志的，能够赏善罚恶，人应该尚同于天。墨子的"尚同"思想带有很大的外在超越的因素。这一思想发展到后期墨家，我们可以看到它的作用发挥出来了。在公元前400年那个时代，产生了相当水平的逻辑学、认识论。为什么墨子的思想有外在超越的色彩，而且在后期墨家的著作《大取》《小取》等中，就有了相当丰富的认识论、逻辑学及科学思想呢？这是相当不错的，因为有一个客观的标准，要找一个客观的准则。

从汉代起，几乎没有人研究《墨经》，只有南北朝时鲁胜对《墨经》有一个注解。在十九世纪末二十世纪初，我们的一些学者注意到了《墨经》。为什么呢？这是由于西方哲学的冲击，对《墨经》就重视起来了，如胡适。由于重视《墨经》，到了近代，许多哲学家都考虑到中国传统哲学中缺少认识论，包括新儒学的代表人物熊十力。熊十力的《新唯识论》，只写了一半，即本体论（"境论"）部分，而认识论（"量论"）没能写出来。他认识到中国传统哲学中没有很好的认识论系统，就借助佛学中的唯识学的认识论，把它纳入到现代新儒学的系统中来。他做了这样的考虑，可是没能完成，在《原儒》中只有一个简单的提纲。不过，他的确看到了中国哲学的问题。

另外，如冯友兰，他的"贞元六书"的最后一本书叫《新知言》，他认为他的哲学新理学是接着宋明理学讲的，是中国哲学的一个现代的形态。他认为他的哲学不仅仅是接着中国哲学讲的，而且也是接着西方哲学讲的，是现代西方哲学发展到现代的一个阶段，经过了维也纳学派批判的旧的形而上学阶段而建立起的新的形而上学。他在《新知言》中特别强调了认识论。又如贺麟的著作，有两篇可能是最重要的。一篇是《知行合一新论》，一篇是《近代唯心论简释》。前者讲中国传统的学术有问题，知行合一有问题，如果不是建立在认识论上的道德学说，这样的道德学说是武断的道德学说。在这一代人中，已认识到了中国传统哲学的问题。那么，西方哲学为什么有比较完整的认识论、逻辑学体系呢？这是和它以外在超越为特征的哲学有关系的。

中国哲学的天人合一导致以内在超越性为特征的哲学，以内在超越为特征的天人合一这种学问，是在天人没有充分分化的条件下而言的合一。这就是说，主客体还没有相当的分化，就不容易发展出一套认识论、逻辑学系统，也不容易发展出一套有效的政治法律制度，这两者是同步的。有的同志讲后现代，认为后现代可能有这样的趋势，后现代的主张和中国传统哲学很相合。后现代要求去掉分析性，讲更多的模糊性。西方哲学现在讲后现代，在哲学方法上也许有它一定的道理。中国哲学主客体还没有充分分化，就去讲后现代，就认为不必吸收西方的东西，我想是不对的。像中国传统哲学，必须对它进行充分分析之后，再讲合一可能会有更大的意义。我这样考虑，能不能建立一个既包括内在超越，又包括外在超越的更高的哲学体系，这是一个非常大的工程。

1989年，在夏威夷召开第六次世界哲学家会议。我提交了一篇论文，题为《中国传统哲学中的内在超越性》，大家对此表示了一定的兴趣。当时主要的发言者有三个，一位是美国人，一位是印度人，还有我，这就等于西方哲学、印度哲学、中国哲学三家。我提出能不能建构出一个既包含内在超越又包含外在超越的哲学体系，如果能建立起来，使东西方哲学在某一点上交汇，就必须对中国传统哲学进行定位。中国传统哲学能解决什么问题？以内在超越为特征的哲学有哪些可取的地方？我们是否可以建立起一个既包含内在超越，又包含外在超越的哲学体系？这是我讲的第二个问题。

三、中国传统哲学中的普遍和谐问题

从思维方式上看，中国传统哲学是讲和谐的。天人合一、情景合一、知行合一，合一是落在"合"上，自古以来就这么讲。如司马迁，他就讲《史记》是"究天人之际，通古今之变"。到宋朝的邵雍就更明确了，他认为，不知天人的关系就不能叫作学问。王夫之说，周敦颐的学问就是天人合一的学问，最后都落在了合一上。中国传统哲学讲矛盾，讲"有对必有仇"，最后是"仇必和而解"。马克思主义哲学讲矛盾，也不能片面夸大斗争。"文化大革命"中讲的无产阶级专政下继续革命，根本错误在于把斗争绝对化，要斗到底，所以讲无产阶级专政下继续革命。不要"解"，要斗到底，就斗垮了。我是学马列出身的，我在北京市委党校教了好几年马克思主义，我一直认为马克思主义哲学是非常好的，但马克思主义哲学只是哲学中的一派，或是哲学中很有意义的一派。但马克思主义哲学在人们的理解中有许多问题。我们应开设哲学概论课，应讲哲学是什么，不能只讲马克思主义哲学是什么。只讲马克思主义哲学，别的都不知道，这怎么行？这就把自己封闭起来了。马克思主义得不到发展，许多东西在歪曲马克思主义，其实马克思本身并没有那么讲。如《马克思恩格斯全集》第十七卷第395页讲巴黎公社，无产阶级在夺取政权以后还有阶级斗争，但必须用最合理人道的方式进行阶级斗争。我觉得这个思想非常重要。共产主义运动中出现了相当大的问题，就是在夺取政权之后，用相当不人道、相当不合理的方式进行阶级斗争。苏联垮台了，其原因有许多,但其中有一条,即是集权专制,这是不人道不合理的,以致出了那么多的问题。我们反过来看1949年以后的中国历史,那么多次的政治运动确实也违背了马克思主义最人道最合理的精神,造成了许多问题。如果不出现这些问题,我们在世界上可能已是中等发达国家水平了,不是现在这种样子。恩格斯在《反杜林论》中有一段话,意思是讲,黑格尔以后体系说已经终结,不能用体系说了。他这样讲,社会是不断进步的,人的认识是不断发展的,如果谁想建立一套完整的无所不包的、永恒真理的体系,那就是以幻想来代替现实而成为观念论者。把马克思主义看作一个无所不包的完整的体系,这就把自己捆住了,弄死了,所以出现了问题。

我们归纳起来,可以说中国传统哲学讲的是一种具有普遍和谐的观念的哲学,这种合一的思维模式当然有其意义。中国的普遍和谐观念,讲自然的和谐、人与自然的和谐、人与人的和谐、人身心内外的和谐这四个层次。田缅尼卡曾说,莱布尼茨哲学曾受惠于东方。受惠于东方的是什么呢?即普遍和谐的观念,这可能和他的单子学说有关。

现代科学的发展造成自然环境的破坏、生态的破坏等。人征服自然的结果破坏了自然这一面,没有注意人与自然的和谐。科学的发展已到了人可以毁灭自身的程度。而人和人的关系，在今天的西方，由于强调人的个体化，强调得非常突出。像电视剧《北京人在纽约》，宁宁和她的父亲谈话，在向父亲告别的时候，叫"老王，再见"。她个体化到了没有父女的观念，呈现这样一种人与人的关系，很孤独。我有个儿子，在他初去美国的时候，住在一个美国医生的家里，这个医生离了婚，父亲八十多岁，他送父亲去老人院，周末接回来总是吵架。他父亲不愿去老人院，可儿子又没有办法不送他去，因为平常没有时间照顾他，双方很不愉快。他们个体化到了人与人关系很不和谐的地步。我的美国的朋友，大概没有不离婚的，甚至有离过两次婚的，而他们认为这是非常正常的、自然的，但这样的结果在一定程度上破坏了人与人的和谐。

精神上空虚，没有寄托。为什么人要经常看心理医生？是因为他自己的身心不能和谐。现在正进入后现代的状态，主要的问题是不和谐造成了许多社会问题。而中国传统哲学恰恰是讲和谐的。如果能给这种和谐的观念以现代意义，并对它进行现代的诠释，那么它应该可以发挥作用。但我们缺少一步，就是没有能给这样的和谐以科学的诠释，是在没有充分分化基础上的和谐。最近几年讲主体性，讲主体性一定是对客体讲主体性，有客体我们才讲主体性。如果没有客体讲主体性是讲不清的。中国哲学却是主客不分的，这样讲主体性一定导致混乱，什么都讲不清楚。张世英先生在《中国传统哲学与西方后现代主义哲学》一文中认为，中国一直讲合一，只是到明代，主客体才有所分化，后来西学输入，分化就更多了。但照我来看，明清之际依然没有什么分化，当然有特殊一点的，如王夫之，他讲能所、能知是主体，所知是客体。但王夫之讲能所是从佛教来的，佛教唯识学讲能所，不是西方意义上的主客体。所以我觉得张世英先生强调得过早了。可能是到近代之后，我们才慢慢注意到这个问题。由于主客体没有充分分化，所以在中国传统哲学中，到了现在我们可以看到它没有发展出科学来。我们的科学大都是经验性的。有的搞自然科学史的同志认为，我们主要是技术，不是严格意义上的科学。总之，我们的科学是没有特别发展的，其原因是在没有充分分化的基础上来讲合一的，认识论的体系也建立不起来，逻辑学也没有很大发展。我认为，和谐的观念对现代社会来讲可能是非常重要的，必须对和谐的观念进行现代诠释，把主客体关系分析清楚了再讲和谐，这样才会更有意义。

由以上三方面可以看出，传统哲学这样的理论体系，对于中国哲学发展的前景，恐怕应该是在充分吸收西方哲学的基础上的发展。前几天，《中国青年报》的记者访问我，请我谈谈对国学的看法。其实我很早就考虑国学的问题。1982年,清华想恢复文科,我建议他们,恢复文科要向二十世纪二十年代时候的清华国学研究院学习。国学研究院只有王国维、梁启超、陈寅恪、赵元任四大导师,吴宓是国学院的主任。清华国学研究院确实培养出了一大批国学大师,干脆恢复这个。抓几个国学大师来,一下子超过北大。一步步跟着北大,恐怕不能超过北大。抓那么几个最有名的国学大师来就可以的。而当代的国学大师又不同于以前。现代的国学大师,我认为是能熔铸古今、会通中西这样的人才可叫国学大师。抓四五个像季羡林那样的国学大师,把北大一下子甩在后边,就可以了。清华当时的校长是刘达,1983年就退下去了,国学研究院成立不起来。副校长张维去建立深圳大学,他约我去建立一个国学研究所。但深圳那个地方根本没法做学问,完全是商业化的东西。以后深圳大学的国学研究所也垮台了,我也不想去了。去年年底,我建议北大也建立国学研究院。在哲学系成立了国学所,但学校给了一个名称叫"中国哲学暨文化研究所",没有人,是个虚体,搞不起来。记者访问我时,我讲,不要过分讲国学,把它搞得那么热。问题在于弘扬中国文化是应该的,但看弘扬什么东西,弘扬不好很可能变为国粹主义,变成本位文化,很有这样的可能。

我们应该看到所存在的问题。西方研究中国文化或东方文化，是认为可以其弥补西方文化的不足，它的着眼点不是说将来要以东方文化取代西方文化，其目的是想使西方文化将来更健全。西方研究者也在批评西方文化，赞扬东方文化，那我们应该怎么办？我认为在赞扬我们自己文化的同时，更要看到我们自己文化的问题。我们应该明白传统文化给我们带来了什么样的问题，这是基本的着眼点。所以，我讲合一，最后都讲它们存在的问题。尽管它的内圣之学有它的意义，但内圣外王之道导致泛道德主义，内在超越不大容易建立起客观有效的政治法律制度，和谐的观念不经分化就导致不能发展出科学、系统的认识论和逻辑学来。不能只说它好，这样是非常危险的。应正确地看待它，看到它的问题，哪些需要解决，这样才能加以发展。如何弘扬传统文化，如何吸收西方的优点，从这样的角度来看中国传统哲学的意义。

吸收外来文化我们是有经验的。我们差不多花了一千年的时间来吸收印度的文化，从公元一世纪到十世纪，我们把印度文化消化了。在隋唐时期，我们是先把佛教中国化，如唐代的禅宗、天台宗、华严宗，都是把佛教中国化了。到宋朝佛教思想几乎都融合在理学之中，因此把它完全消化是需要一个过程的。现在我们吸收西方文化才一百多年，还要吸收，要把它吸收到自己的文化中来是一个自然的过程。有人问我,中国文化吸收印度文化花了一千年,是不是吸收西方文化也需要花一千年?我想,现代大概不需要一千年,但也不会是一个很短的时间。从鸦片战争到现在,不过一百多年,而这种吸收的过程又是相当被动的,是和西方列强的侵略联系在一起的,是和政治问题分不开的。这就需要有一段时间相互交流,中国文化将会有长足的发展。

把内在超越和外在超越结合在一起,我考虑的是如何找到这两者的结合点。因为,如果能够建立起一个既包括内在超越又包括外在超越的哲学体系,这应该是哲学发展的更高层次。这样,东西方的问题可能都好解决了。当然不是说可以解决所有的问题,它只是考虑问题的一个角度。我在这方面做了一点工作。

禅师话禅宗

印度佛教传入中国后，到隋唐时期形成了若干宗派，有天台宗、华严宗、唯识宗、禅宗、净土宗等，但其中以禅宗影响最大，这是为什么呢？我想，这主要是因为它是最中国化的佛教宗派。

在中国传统文化中儒家思想影响最大，而在儒家思想中"心性"问题又是主要问题。孔子已开其端，于人性问题有所论述，如说："性相近也，习相远也。"孟子提出："尽其心者，知其性也。"他认为，作为人之本性的仁、义、礼、智四端都包含于人心之中。人们道德修养的提高、成圣成贤的路径就在于能把其内在的本性充分发挥出来。这一儒家思想传统深深地影响着中国社会和中国文化。禅宗正是从佛教方面接着这一思想传统而有重要发展。

佛教作为一种宗教，有其宣扬教义的经典、一套固定的仪式、需要遵守的戒律和礼拜的对象等，但自慧能（禅宗六祖）以后的中国禅宗把上述一切都抛弃了，所谓"一念觉，即佛；一念迷，即众生"。这就是说，人们成佛达到超越的涅槃境界完全在其内在本心的作用。

那么在中国禅宗大师的身上如何反映这样一种风格呢？

本来坐禅是佛教一切宗派必需的一种修持方法，但到慧能以后中国禅宗起了很大变化，慧能说："惟论见性，不论禅定解脱。"因为他认为解脱成佛只能靠发现自己的本性、发挥自己的本心。禅师长庆慧棱二十余年来坐破了七个蒲团，仍然没能见性，直到有一天，偶然卷起窗帘，才忽然大悟。便作颂说："也大差，也大差，卷起帘来见天下。有人问我解何宗，拈起拂子劈口打。"慧棱偶然卷帘见得三千大千世界原来如此，而得"识心见性"，解去坐禅的束缚，靠自己豁然贯通，而觉悟了。慧棱颂中"卷起帘来见天下"是他悟道的关键，因照禅宗看，悟道成佛不要去故意做什么，要在平常生活中自然见道，就像"云在青天水在瓶"那样，自自然然，平平常常。无门和尚有颂说："春有百花秋有月，夏有凉风冬有雪；若无闲事挂心头，便是人间好时节。"禅宗的这种精神境界正是一种顺乎自然的境界，自在无碍，便"日日是好日""夜夜是良宵"。如果执着坐禅,那就是为自己所运用的方法所障,不得解脱。

临济义玄说:"佛法无用功处,只是平常无事,屙屎送尿,着衣吃饭,困来即卧,愚人笑我,智乃知焉。"要成佛达到涅槃境界,不是靠那些外在的修行,而是得如慧棱那样在平常生活中忽然顿悟。有僧问马祖:"如何修道?"马祖说:"道不能修,言修得,修成还坏。"所以修道不能在平常生活之外去刻意追求。有源律师问大珠慧海禅师:"和尚修道还用功否?"慧海说:"用功。"源律师问:"如何用功?"慧海回答说:"饥来吃饭,困来即眠。"源律师又问:"一切人总如是,同师用功否?"慧海说:"不同。"源律师问:"如何不同?"慧海说:"他吃饭时,不肯吃饭,百种须索(思虑);睡时不肯睡,千般计较,所以不同也。"平常人吃饭,挑肥拣瘦;睡觉时,胡思乱想,自是有所取舍、执着、不得解脱。真正懂得禅的人应是"要眠即眠,要坐即坐""热即取凉,寒即向火"。有僧问赵州从谂:"学人乍入丛林,乞师指示。"从谂说:"吃粥也未?"僧曰:"吃粥了也。"从谂说:"洗钵盂去。""其僧因此大悟。"吃过饭自然应洗钵,这是平平常常的,唯有如此,才能坐亦禅,卧亦禅,静亦禅,动亦禅,吃饭拉屎,莫非妙道。禅定既非必要,一切戒律更不必修持了,陆希声问仰山:"和尚还持戒否?"仰山说:"不持戒。"李翱问药山:"如何是戒定慧?"药山说:"这里无此闲家具。"戒定慧本是佛教的"三学",学佛者必需之门径,但照禅宗大师看这些都是无用的东西。禅宗的这一否定,似乎所有的修持方法全无必要,从而把一切外在的、形式的东西都否定了。禅宗如此看是基于"平常心是道心",在平常心外再无道心,在平常生活外再无需有什么特殊的生活。如有此觉悟,内在的平常心即可成为超越的道心。

佛教本须出家,出家自然不同于世俗的一般生活;出家则不得拜父母和君王,这样也就没有忠孝等问题。在魏晋南北朝时,关于沙门要不要"敬王者"、要不要拜父母曾引起过出家人和在家人的大争论。当时重要的佛教大师如慧远等都认为沙门不须敬王者、拜父母。可是到禅宗为之一变。契嵩本《坛经》有《无相颂》一首,这首颂不仅否定了坐禅、持戒的必要,而且否定了在现实世界之外去追求超现实世界的必要,认为人们只要在现实生活中平平常常地尽伦尽职地生活,在眼前生活中靠自己所具有的佛性(内在的本心)即可成佛,所以宗杲大慧禅师说:"世间法即佛法,佛法即世间法。"

这里特别可注意的是:禅宗不再否定孝养父母和上下尊卑的观念了。宗杲又说:"予虽学佛者,然爱君忧国之心,与忠义士大夫等。""学不至,不是学;学至而用不得,不是学;学不能化物,不是学。学到彻头处,文亦在其中,武亦在其中,事亦在其中,理亦在其中;忠义孝道,乃至治身治人、安国安邦之术,无有不在其中者。"那么是不是说禅宗刻意追求忠孝之类呢?照禅宗看,如刻意追求什么,那就必然为所追求者束缚而不得解脱,而如刻意否定什么,也将为所否定者束缚而不得解脱,故应一切顺应自然。如果一切顺乎自然,那么"父慈子孝"本来也是天性之自然流露,故既不必刻意追求,也不必刻意否定了,所以宗杲说:"父子天性一而已。若子丧而父不烦恼,不思量;如父丧而子不烦恼,不思量,还得也无?若硬止遏,哭时又不敢哭,思量时又不敢思量,是特欲逆天理,灭天性,扬声止响,泼油止火耳。"人虽在世俗中生活,但并不为世俗所累,而能超然自得,因此既可不离世间,又可超越世间,此或为禅宗所追求之精神。

禅宗认为成佛之道只在自己心中,不必外求,此颇似孟子之"收其放心"。故此,禅宗反对拜佛。《五灯会元》卷五记载:天然禅师"于慧林寺遇天大寒,取木佛烧火向,院主诃曰:何得烧我木佛?师以杖子拨灰曰:吾烧取舍利。主曰:木佛何有舍利?师曰:既无舍利,更取两尊烧"。木佛本是偶像,哪会有佛舍利,烧木佛无非烧木制之佛像而已,否定了自己心中的偶像,正是对"我心自有佛,自佛是真佛"的体证。临济义玄到熊耳塔头，塔主问："先礼佛，先礼祖？"义玄曰："祖佛俱不礼。"禅宗对佛祖不仅全无敬意，还可以呵佛骂祖。照禅宗看，自己本来就是佛，哪里另外还有佛？他们所呵所骂的无非是人们心中的偶像，对偶像的崇拜只能阻碍其自性的发挥。《景德传灯录》卷十一记载："灵训禅师初参归宗，问：如何是佛？……宗曰：即汝便是。"

每个人自己就是佛，问"如何是佛"就是向心外求佛。这也颇似孟子所说："仁义礼智，非由外铄我也，我固有之也。"不仅如此，禅宗认为对自己成佛也不能执着不放，黄檗说："才思作佛，便被佛障。"一个人念念不忘要成佛，那就不能自自然然地生活，而刻意有所求，这样反而成为成佛的障碍。有僧问洞山良价："如何是佛？"答曰："麻三斤。"或问马祖："如何是西来意？"师便打。曰："我若不打汝，诸方笑我。"良价所答非所问，目的是要打破对佛的执着；马祖更是要打断对外在佛祖的追求，因为照马祖看："汝等诸人，各信自心是佛，此心即是佛心。"这正是禅宗的基本精神，正如《坛经》中说："佛是自性作，莫向心外求。自性迷，佛即众生；自性悟，众生即佛。"

禅宗既不需要拜佛，当然也就更不需要念经了。沩山灵佑问仰山慧寂："《涅槃经》四十卷，多少是佛说，多少是魔说？"仰山回答说："总是魔说。"如果把佛经执着为佛法本身，这本身就是为魔所蒙蔽，所以《古尊宿语录》中说："只如今作佛见作佛解，但有所见所求所著，尽是戏论之类，亦名粗言，亦名死语。"《景德传灯录》卷十二记载：义玄"因半夏上黄檗山，见和尚看经。曰：我将谓汝是个人，原来是唵黑豆老和尚"。既然佛教经典为"死语""魔说"、非悟道的工具，那么自然不能靠它来达到成佛的目的。

禅宗大师们不仅认为用文字写成的经书没有必要，甚至语言对得道成佛也是无益。有问文益禅师："如何是第一义？"（"第一义"指佛教根本道理）文益回答说："我向尔道，是第二义。"佛法是不可说的，说出已非佛法本身。那么用什么方法引导人悟道呢？照禅宗看，几乎没有什么方法，悟道只能靠自己的觉悟。不过禅宗也常用一些特殊的方法，如棒喝之类。据《五灯会元》卷七《德山宣鉴禅师》中载："僧问：如何是菩提？师打曰：出去，莫向这里屙。"《景德传灯录》卷十二载：临济义玄"见径山，径山方举头，师便喝；径山拟开口，师拂袖便行"。这就是所谓"德山棒，临济喝"。佛果说："德山棒，临济喝，并是透顶透底，直截剪断葛藤，大机大用。千差万别，会归一源，可以与人解粘去缚。"棒喝这种方法只是破除执着的特殊方法，它的目的是要打断人们的执着，一任本心。照禅宗看，人们常因有所执着而迷失本性，必须对之大喝一声，当头一棒，使之幡然觉悟，自证佛道。义玄的老师在其《传法心要》中说："此灵觉性……不可以智识解，不可以语言取，不可以景物会，不可以功用到，诸佛菩萨与一切蠢动众生同大涅槃，性即是心，心即是佛，佛即是法。"人们所具有的这一灵觉性，既然不能用智识、语言等使之得到发挥，那只能用一棒一喝或其他任何方法打破执着，使心默然无对，达到心境两忘的超越境界。

辑四

平生师友

"真人"废名

道家、道教书中都有所谓的"真人",我这里说的"真人"和道家、道教书中讲的"真人"不相干。道家、道教书中的"真人"都是虚构的、有神秘主义色彩的"假人",而废名这位"真人"是"真诚的人",是有"真性情的人",一个在生活中已逝去的真实的人。

废名是我的老师,我直呼其名,在中国传统上说,似乎有点不敬,我应该称他"冯文炳老师",可是想来想去,我还是只能用"废名"来称呼我的这位老师,因为"废名"多么能表现我这位老师是一位"真诚的人",是一位有"真性情的人"呀!

废名教我们大一国文,第一堂课讲鲁迅的《狂人日记》,一开头他就说:"对《狂人日记》的理解,我比鲁迅先生自己了解得更深刻。"我们这些新入大学的学生,一时愕然。我当时想：是不是废名先生自己变成了"狂人"？废名的这句话，我一直记着，后来渐渐有所悟：有时作家写的人物的内涵，会被高明的解读者深化。我想，一定有不少研究鲁迅《狂人日记》的学者、作家认为自己对这篇短篇小说了解得如何如何深刻，甚至比鲁迅自己更深刻，但他们大概不会在课堂上直截了当地说："我比鲁迅先生自己了解得更深刻。"只有废名会这样，因为他是"真人"，一个有"真性情的人"。

有一次，废名讲写作要炼句，他举出他的小说《桥》中描写夏日炎热的一个片段，两个女孩在烈日下走了很长的路，忽然"走进柳荫，仿佛再也不能往前一步。而且，四海八荒同一云！世上唯有凉意了。——当然，大树不过一把伞，画影为地，日头争不入"。他说："你们看，这'日头争不入'，真是神来之笔，真是'世上唯有凉意了'。写文章就要能写出这样的句子才叫大手笔。"当时，我也觉得"日头争不入"写得真妙。多少年来，我一直没有忘记废名当时说这段话时的神态，他那么得意，那么自信，那么喜悦，这就是废名，一位天下难得的"真性情的人"。

1947年北京大学的大一国文课，要求每个学生每月写一篇作文，交给老师，由老师批改，在批改后要在课堂上发回给每位同学，并且要讲评，自然废名要批改我们这一班的作文。有次发文，废名在发了几个人的文章并说了他的评语之后,当他发到我的文章时,他说:"你的文章像下雨的雨点,东一点西一点,乱七八糟。"我一时很窘。当他发给一位女同学的文章时说:"你的文章写得很好,真像我的文章。"当时我很羡慕。下课后,我看看废名在我文章上写的批语:有个别句子不错,整篇没有章法,东一点西一点。我自己看看也真是这样。特别是,废名说"好文章"就像他的文章一样,这大概也只有"真性情"的人才会在课堂上当着众多同学的面说吧!

我很喜欢废名的诗,但是在过去的半个世纪里,我再没有机会读他的诗。我只记得,我读过一首废名的诗《十二月十九日夜》,但是否记得准确,已经没有把握了。近日想起,就请朋友帮我找找这首诗,谢谢这位朋友,他帮我找到了,现抄在下面:

> 深夜一支灯,
> 若高山流水,
> 有身外之海。
> 星之空是鸟林,
> 是花、是鱼,
> 是天上的梦,
> 海是夜的镜子。
> 思想是一个美人,

是家，

是日，

是月，

是灯，

是炉火，

炉火是墙上的树影。

是冬日的声音。

（收于废名诗集《水边》）

我记得，在1947年我读到这首诗时，就很喜欢它。为什么？说不清，是韵律，是哲理，是空灵，是实感，也许都是，也许都不是，总之说不清。可是这首诗也许是我至今唯一依稀记忆的一首现代诗。我有一个感觉，废名是不是想在一首诗中把他喜爱的都一一收入呢？"灯""海""花""梦""镜子""思想""美人""家""日""月""炉火""树影""声音"等，如何由诗句把这些联系起来，这真要有一种本领，废名的本领就在他的眼睛和耳朵和心灵。你看，他开始用"灯"，结尾用"声音"，中间用"思想是一个美人"联系起来。我有另外一个感觉，这首诗表现废名的思想在自由地跳跃，无拘无束，信手拈来，"情景一合，自得妙语"。这是"真人"的境界，"真性情"的自然流露。我爱这首诗，一直爱到今天。

1949年后，大概是在1951年或1952年吧！有一天，我忽然看到一篇刊登在报纸（或杂志）上的废名的文章：《一个中国人读了〈新民主主义论〉后的喜悦》，内容我已记不清了。但当时读这文章的情境，我却有清楚的记忆：当时我为他读《新民主主义论》的"喜悦"而喜悦了，因为我又一次感到废名是一位"真人"，他的文章表现着他的"真性情"。废名的"喜悦"是真情的流露，无丝毫流行的大话、假话、空话，完全无应景义。今天我仔细想想，也许废名真有慧眼，他看到中国如果真的按照"新民主主义"来建设我们的国家，这不仅是他一个中国人的"喜悦"，而且是所有中国人的喜悦了。可是我们一度没有完全按照"新民主主义"来建国，回忆起我当时因废名的"喜悦"而喜悦，而现在却变成了永远的遗憾。如今废名先生于地下，他会怎么想？！

说个故事，作为这篇短文的结束吧！在1949年前中国有两个怪人，一个是"天上地下，唯我独尊"的熊十力，一个是莫须有先生的化身废名（冯文炳）。大概在1948年夏日，他们两位都住在原沙滩北大校办松公府的后院，门对门。熊十力写《新唯识论》批评了佛教，而废名信仰佛教，两人常常因此辩论。他们的每次辩论都是声音越辩越高,前院的人员都可以听到,有时甚至动手动脚。这日两人均穿单衣裤,又大辩起来,声音也是越来越大,可忽然万籁俱静,一点声音都没有了,前院人感到奇怪,忙去后院看。一看,原来熊冯二人互相卡住对方的脖子,都发不出声音了。这真是"此时无声胜有声"。我想,只有"真人"、有"真性情"的人才会做出这种有童心的真事来。

悼念贺麟伯父

贺麟先生去世了,我在北京大学念书时教过我的老师又少了一位。因为我父亲汤用彤先生的关系,我一直称呼贺麟先生为"贺伯伯",因此我认识贺先生也比较早。记得1940年我十三岁时,我们家和贺伯伯家都住在昆明附近的一个小县城宜良,那时我就常常到贺伯伯家里去玩,当时住在宜良的还有郑昕先生,他也是教过我的一位老师,前些年也去世了。那时大概北大哲学系的主要教授都住在宜良县。后来我们家和贺伯伯家都搬到了昆明,我们家先是住在一个叫麦地的小村子,这个村子的北面是龙关村,冯友兰先生一家住在那儿,前两年冯先生也去世了;这个村子的南面是司家营,闻一多先生住在那儿,闻先生在1946年被国民党特务杀害了。后来,我们家搬到昆明城里的青云街,贺伯伯的家住在北门街，两家住得很近，我也常去贺伯伯家。这时洪谦先生也住在附近，1992年3月我在香港讲学时，从报上得知洪先生去世的消息。上面提到的这些先生，都是我父亲的朋友和同事，我都叫他们"伯伯"，现在这一代学人大都去世了。他们虽然离去了，但却给我们留下了非常宝贵的财富——学问。我深深地怀念他们，怀念贺伯伯。

抗日战争胜利后，我们家和贺伯伯家都回到北京，贺伯伯住在沙滩中老胡同，那里也是我常去的地方。我在北大虽然是哲学系的学生，但我最初却对西方文学很感兴趣，我选修过俞大缜先生的"英国文学史"，杨振声先生的"欧洲文学名著选读"，旁听了朱光潜先生的"英诗"，并且跟钱学熙先生学英语，我知道一点T.S.艾略特就是钱先生教我的。1948年，我选修了贺伯伯教授的"西洋哲学史"。贺伯伯教书非常认真，对学生们要求很严，使我们受到了哲学的训练，启发很大。通过这门课，我逐渐对哲学（西方哲学）有了兴趣，并且有了一种认识——学习和研究中国哲学（或者哲学）必须有较好的西方哲学的基础，否则很难在中国哲学的研究上取得成就。因此，在我后来当了教师教授中国哲学史时，我总是向学生强调应先学好西方哲学史。1986年，我招收了一批中国哲学史的博士研究生，我就要求他们必须修三门西方哲学的课程，读亚里士多德、康德、黑格尔的原著。这样一种认识,就是由贺伯伯那里得到的。因此,我想到,在解放前,我国有一批学者,他们为我们民族的学术文化做出了贡献,这正是由于他们是学贯中西、兼通中外的。贺伯伯在学术上的成就,我想用不着我来多说,我只想说,如果我们写《中国现代哲学史》,就应该写上贺伯伯这位学贯中西的哲学家对中国哲学的研究和对西方哲学的介绍的贡献。

贺伯伯的书,我大都读过,其中有两篇文章和一本书对我影响最大,给我的印象最深。两篇文章是《近代唯心论简释》和《知行合一新论》;一本书是《当代中国哲学》(后来编入1989年版的《五十年来的中国哲学》一书中)。《近代唯心论简释》可以说用康德、黑格尔哲学丰富发展了陆王心学,它可以被视为尝试融合中西哲学的典范。在《知行合一新论》中,贺先生对中国哲学的"知行合一"(包括王阳明的知行合一)学说进行了批评,我认为这非常重要。在中国传统哲学中,认识论往往没有从伦理学中分离出来,因此严格说来中国哲学中没有独立的"认识论"。贺先生在这篇文章中指出:"不批评地研究知行问题,而直谈道德,所得必为武断的伦理学(Dogmatic Ethics)。因为道德学研究行为的准则,善的概念,若不研究与行为相关的知识,与善相关的真,当然会陷于无本的独断。"这说明,贺先生已经看到,必须把认识论问题从道德问题中分离出来,才能为中国哲学的发展找出一些新途径。由此可见,贺先生正是在西方哲学对中国哲学的冲击下,在"知行合一"问题上大大拓宽了中国哲学研究的范围,把这个问题和西方哲学的问题结合起来。至于《当代中国哲学》,我认为它是一本非常出色的书,贺先生用精练的语言准确地描述了二十世纪前半叶中国哲学发展的概况,现在我们要了解这一时期中国哲学的发展,是不能不读这本书的。

我说这些,只是想说一点,我们研究学问,必须放眼世界,既要了解我们自己的学术文化,也要了解别人的学术文化的发展,做到"中西兼通",才可以在学术上有所成就。在这方面我们是应该向贺先生学习的。贺伯伯去世了,老一代的学者也大多去世了,我们这一代由于种种原因,大概很多人都难以做到"学贯中西"。不过,我认为,我们这一代或者更了解做学问必须"中外兼通"的重要。就我自己来说,对这一点,虽不能尔,心向往之。

读钱穆先生文

《中国文化对人类未来可有之贡献》是钱穆先生的最后一篇文章,在该文的"前言"中钱先生说:"中国文化中,'天人合一'观虽是我早年屡次讲到,唯到最近始彻悟此一观念实是整个中国传统文化之归宿处。"又说:"我深信中国文化对世界人类未来求生存之贡献,主要亦即在此。"钱先生这篇文章短短不到2000字,但所论之精要,意义之深宏,彻悟之高远,实为我们提供研究和理解中国传统文化的价值之路径。初读此文,或心有所得,然不敢言已得钱先生所悟之真谛。

古往今来人类所关注的主要哲学问题正是钱先生所说的"天命"与"人生"("天道"和"人道";"天道"与"性命")的关系问题,即"天人关系"问题。从中国历史上看,司马迁说他的《史记》是一部"究天人之际"的书；董仲舒答汉武帝策问时说，他讲的是"天人相与之际"的学问；扬雄说："圣人存神索至，成天下之大顺，致天下之大利，和同天人之际，使之无间也。"魏晋玄学的创始者之一何晏说另一创始者王弼是"始可与言天人之际"的思想家。南北朝时的道教领袖陶弘景说只有另外一道教领袖顾欢能了解他的心思所得是"天人之际"的问题。唐朝的刘禹锡批评柳宗元的《天说》中的"自然之说"，他说："文信美矣，盖有激而云，非所以尽天人之际。"宋朝的哲学家邵雍说得更明白："学不际天人，不足以谓之学。"可见，中国的思想家大都把"天人关系"作为他们探讨的主要问题。

这个"天人关系"问题大体可以说有两个不同解释的路向："天人合一"与"天人二分"，从中国文化的传统看，中国古人大多讲"天人合一"；而西方文化的传统则多讲"天人二分"。在罗素的《西方哲学史》中说："笛卡尔的哲学……它完成了或者说极近乎完成了由柏拉图开端而主要因为宗教上的理由经基督教哲学发展起来的精神、物质二元论……笛卡尔体系提出来精神界和物质界两个平行而彼此独立的世界，研究其中之一能够不牵涉另一个。"西方哲学从苏格拉底起就把思想与感官界看成二元，把现实世界与彼岸世界二分，柏拉图以及亚里士多德都是沿着这一路向，继承着这种二元学说的。知识论成为西方近代哲学研究的主要内容,其体系以主客二分为基点;虽说主体与客体之间不无关系,但是它们之间的关系只是一种外在的关系。

而中国哲学的主流恰恰与此相反,大都认为研究"天命"(天道)不能不知"人生";同样研究"人生"也不能不知"天命"。孔子儒家的学说实为"天道与性命"之学,孟子继孔子之后,他正面论述了"天人关系",他说:"尽其者,知其性也;知其性,则知天矣。"此论"尽心""知性"与"知天"为一统一的内在关系。程子说得更为明白,他说:"安有知人道而不知天道者乎?道,一也。岂人道自是一道,天道自是一道?"(《遗书》卷十八)故钱穆先生说:"西洋人常把'天命'与'人生'划分为二,他们认为人生之外别有天命,显然是把'天命'与'人生'分作两个层次,两个场面讲。如此乃是天命,如此乃是人生。'天命'与'人生'分别各有所归。此一观念影响所及,则天命不知其所命,人生亦不知其所生,两截分开,便各失却其本意。"

西方哲学的主流讲"人"(心、主体)和"自然"(物、客体)的关系确实是认为"人生之外别有天命",是把"人生"与"天命"分为两截。英国哲学家布拉德雷有一本书叫《现象与实在》讨论了"内在关系"与"外在关系",他认为在事物(或性质)之间存在内在关系,但在中国哲学的观点看来,其"内在关系"仍是一种"外在关系"。钱穆先生说:"中国人喜欢把'天'和'人'配合起来讲,我曾说'天人合一'论,是中国文化对人类最大之贡献。"此处钱先生说的把"天"和"人"配合起来讲,并不是说从存在的形式上"天"和"人"就等同了,而是说不应把"天"和"人"分为两截,并非"研究其中之一能够不牵涉另一个"。为什么必须把"天"和"人"配合起来讲?我认为,这正是因为中国古人认为"天"与"人"的关系是一种内在关系。孔子说:"人能弘道,非道弘人。""天道"是可以由人来发扬光大的。孟子认为"存心""养性"就是"事天",所以他说:"诚者天之道也,思诚者人之道也。"

王夫之说:"抑考君子之道,自汉以后,皆涉猎故迹,而不知圣学为人道之本,然濂溪周子首为《太极图说》,以究天人合一之原,所以明夫人之生也,由天命流行之实,而以其神化之粹精为性,乃以为日用事物当然之理,无非阴阳变化自然之秩序,而不可违。"(《张子正蒙注》卷九)按王夫之所说,孔孟的圣人之学讲的是"人道"的根本道理,但是自汉朝以来并没有对"人道"与"天道"的关系有深入的探讨,由周敦颐的《太极图说》开始深入地讨论了"天人合一"的根源,使"人生"与"天命"配合起来讲,圣学的"人生"本来就是"天命流行之实",和"阴阳变化自然之秩序"完全相合,"人性"即"天理",粹精的人性必体现在日用伦常之理中。钱穆先生尝在《朱子新学案·朱子论仁》中说:"自孔孟以下,儒家言仁,皆指人生界,言人心、人事,朱子乃以言宇宙界。"《朱子语录》卷九十五中说:"仁者,在天地则坱然生物之心,在人则温然爱人利物之心,包四德而贯四端者也。""天道"生生不息以"仁"为心,"天行健,君子以自强不息","人生之性"得"天道"之精粹而"仁",故"人生"之目的就在实现"天道"的"坱然生物之心",而有"温然爱人利物之心"。"人心""天心"实为一心。故"人生"的意义就在于体证"天命";"人生"的价值就在于成就"天命"。在"人生"之外别无"天命"。正如钱先生所说:"就人生论之,人生最大目标、最高宗旨,即在能发明天命""人生离去了天命,便全无意义价值可言。"

王阳明《传习录》中有这样一段记载:"先生游南镇,一友指岩中花树问曰:'天下无心外之物,如此花树在深山中自开自落,于我心亦何相关?'先生曰:'你未看此花时,此花与汝心同归于寂;你来看此花时,则此花颜色一时明白起来,便知此花不在你的心外。'"现在常常有人据此以批评王阳明的"心外无物"的思想,说他否认"花树"的"客观存在"。其实王阳明这里完全不是讨论"花树"与"人心"之间的存在形式的关系问题，而是讨论"花树"的存在对"人心"的意义的问题。如果"天"是自在的"天"，那么它就与"人"无内在关系，只是一种外在存在的形式，它对"人"就全无意义了。

然而中国古人的"天命"不是外在于"人生"的。只有在"人生"的观照下"天命"才有意义，它的意义才显现出来。照西方人看，"花树"对人是一外在的存在，即使"花树"在人的认识中与人发生关系，它也是一种外在的关系，是外在"人生"来讨论"自然"问题，这样"自然"外在于"人生"，"人生"也外在于"自然"，因此天人是二分的，人对自我的认识和人对外在的"天"的认识是两件事，这样"人生"和"天命"并不能真正相通。我认为，王阳明所说的"心外无物"是就"花树"对人的意义说的。王阳明正是由于不把"花树"作为"人心"的外在事物，这样"心"与"物"的关系就是一种内在关系，"天命"与"人生"就打通了。程子谓："在天为命，在人为性，主于身为心，其实一也。"王阳明说："盖天地万物，与人原是一体，其发窍之最精处，是人心一点灵明，风雨露雷日月星辰，禽兽草木山川土石，与人原是一体。故五谷禽兽之类皆可以养人，药石之类皆可以疗疾，只为同此一气，故能相通耳。"所以钱穆先生说："中国人认为'天命'就表现在'人生'上，离开'人生'也就无从讲'天命'；离开'天命'，也就无从讲'人生'。""离开了人，又从何处来证明有天。"

《朱子语类》卷十九中说："天即人，人即天。人之始生，得之于天也；既生此人，则天又在人矣。""天命"离不开"人生"，"人生"也离不开"天命"。盖因人之始生，得之于"天"；既生此人，则"天命"全由"人生"来彰显。如无"人生"，"天命"则无生意、无理性、无道德，那么又如何体现其活泼的气象，如何"为天地立心"。"为天地立心"即是"为生民立命"，不得分割为二。故钱先生说："中国古代人，可称为抱有一种'天即是人，人即是天，一切人生尽是天命的天人合一观'。这一观念，亦可说即是古代中国人的一种宗教信仰，这同时也即是古代中国人主要的人文观，亦即其天文观。如果我们今天亦要效法西方人，强要把'天命'与'人生'分别来看，那就无从理解中国古代人的思想了。"也就是说，如果强把"人生"与"天命"分为两截，那就无法了解中国文化的真精神。

我们这里讨论中国文化与西方文化对"天人关系"的不同看法，并无意否定西方文化的价值。西方文化自有西方文化的价值，并且在近两三个世纪中曾经对世界文化发生过巨大影响，而使人类社会有了长足的前进。但是人类社会发展到二十世纪末，西方文化给人类社会带来的弊病可以说越来越明显了，而其弊端不能说与

"天人二分"没有关系。这点东西方的许多学者都有所认识，例如，1992年全球1575名科学家发表的《世界科学家对人类的警告》开头就说："人类和自然正走上一条相互抵触的道路。"

因此，如何补救西方文化之弊，为二十一世纪提供一种对人类社会发展做出积极贡献之观念，我认为"天人合一"的观念无疑将会对世界人类未来求生存有着头等重要的意义。当今人类社会所面临的主要问题是"和平与发展"的问题，即"和平共处"和"共同发展"的问题。要争取国家与国家、民族与民族、地域与地域之间的和平共处，归根结底就是要调整好人与人之间的关系，即要在人与人之间（扩而大之，就是在国与国、民族与民族、地域与地域之间）建立起和谐的关系；要求人类社会的共同发展不仅要在人与人之间建立一种和谐的关系，而且要在人与自然之间建立和谐的关系。而"天人合一"正是在人与人之间、人与自然之间建立和谐关系的最有意义和价值的观念，它必将对人类社会的健康合理发展产生其他理论无可代替的价值。

"天人合一"作为一种观念，它所强调的不是"天"和"人"的对立，不是离开"人生"讲"天命"，而是强调"天"和"人"的和谐，即由"人生"来发明"天命"，这正是我国古代经典《周易》中的"太和"观念的基本内涵。

《周易·乾·彖辞》中说:"乾道变化,各正性命,保合太和,乃利贞。"天道的大化流行,万物性命各得其正,保持完满的和谐,人类社会的发展就会顺通圆满。因此,我们可以说,钱穆先生的《中国文化对人类未来可有之贡献》一文是为我们留下的宝贵遗产。

悼念周一良先生

照中国文化书院的惯例,我们的导师八十岁、八十五岁、八十八岁(即米寿)和九十岁以上时,总要为他们开一个盛大的祝寿会。今年正好是周一良先生的"米寿",中国文化书院于9月16日在友谊宾馆的聚福园举办周先生的祝寿宴。周先生患帕金森病已多年,不大能起床,我们原估计他不一定能来参加宴会,先期给他送去了蛋糕和鲜花,表示我们大家对他的衷心祝贺。想不到那天周先生竟坐在轮椅上,由他的女儿和女婿陪同,艰难地前来了,足见他对相处十数年的书院老友的眷念和对书院的情谊之深。

周先生的不期而至,使我们的宴会厅顿时欢腾起来。可惜他刚刚拔牙,什么也不能吃,我们特别让厨师为他做了一些稀饭,由他女儿一口一口喂他。书院各位导师和来宾都前来向周先生祝寿，愿他早日康复。宴会长达两小时，周先生一直等到宴会结束才离去。

9月18日，我离开北京前往美国斯坦福大学，本想临行前再去看看周先生，但诸事纠集，终于未能成行。10月23日，突然接到范达人同志从洛杉矶打来的电话，说一良先生已于当日凌晨与世长辞。第二天，又接到我女儿从新泽西来电，告诉我周先生病逝。这对我来说确实十分意外。记得今年7月我去看周先生时，他还坐在椅子上，一边从电视中看清华校庆盛况，一边吃着炸土豆片，并让我也吃。看起来他精神很不错，还神采奕奕地谈起他的写作计划。现在，周先生离开了我们，想起来，我没有在临行前去看他，已成为我一生中难以弥补的一大憾事。

我和周先生的交往并不太多。作为中国文化书院的院长，我往往在每年春节前后会去看看他，只能说是一种礼节性的拜访。但有时也会去向他请教一些学术上的问题，他总是细心地加以指导或者让我去查看什么书。我虽然没有上过周先生的课，但他的著作我是用心读过的。他对我所提的问题的指导，我也一向十分重视。因此，就这个意义上说，周先生可以说是我的老师。

在我和周先生的交往中，有几件事对我的影响非常大。第一件事是他写了那本自传性的《毕竟是书生》。这本书他先给我看了初稿，征求我的意见。我曾提到"梁效"那一部分也许会引起不同的议论，他说："我也只能这样写了。事实上，我没有什么要求于江青，而是江青有求于我呀！"他又说："这段历史是我们这样的书生搞不清的。"后来，《毕竟是书生》出版，虽然有一些好评，但也有一些恶评，他都泰然处之。

第二件事是在一良夫人去世之后，我去看他，表示慰问。周先生对我说，他已和邓懿一起生活了几十年，相依为命，现在邓懿先走了，形单影只，心灵的寂寞只好是"如人饮水，冷暖自知"了！我听了，心里也十分惨然。他还告诉我，他正在写他和邓懿一起生活的回忆录。他又说："这几十年我们能这样地相互支持和了解也是人生中的一大欣慰了。"再一次我去时，他告诉我那本回忆录已经完成，但要再加加工，因此也没有给我看。后来，为要出季羡林先生九十华诞论文集，我请他为论文集写个序，在序中他又一次提到几十年来他和邓懿生活在一起是他一生最大的幸运。周先生无疑是一位难得的、有真情的老学者，在这方面亦可成为后人的楷模吧。在那痛苦的二十世纪后半叶的非常时期，得一始终相互理解而相爱的生活伴侣，在人生道路上，也是可遇而不可求的。

第三件事是我写了一篇题为《"和而不同"原则的价值资源》的文章，曾在庆祝北京大学一百周年校庆的学术讨论会上宣读。该文是要说明不同文化之间的交流是文化发展的动力。文章除引用了《左传》中晏婴对齐侯的一段话和《国语·郑语》史伯答桓公的一段话外，还引用了孔子说的"君子和而不同，小人同而不和"。周先生看了这篇文章后对我说："你的那篇文章立意很好，引用《左传》《国语》中的两段很切题。但孔子的话是否解释得合乎原意，可以再研究，我看多做一点说明更好。"后来我查了各种对孔子"和而不同"的解释，觉得周先生提得很有道理，我应该多做点说明，并且强调这是借用而作的一种新解。就此，我深深体会到周先生做学问之严谨，是我应该好好学习的。

说到周一良先生的学问，无论他的同辈或我们这些晚辈都是十分佩服的。读他的书文，甚至札记，都会感到他学问的渊博和严谨。他关于魏晋南北朝的研究，几乎可以说每一论断都可成为定论或给人们指出了可以继续研究的方向。我读他的第一篇文章《能仁与仁祠》就被他的精细考证与合理说明所折服，再读他的《读十一史札记》，条条都有启发。无怪乎学界都认为一良先生是研究魏晋南北朝历史的大师，寅恪先生的最有成就的后继者。

  周一良先生的去世是中国学术界的一大损失,中国文化书院又失去了一位极可尊敬的导师。

怀念张岱年先生

"自强不息""厚德载物"是张岱年先生最喜欢的两句话。我想，这也是张先生为人为学的宗旨。我是在1956年才认识张先生的，到现在已有四十八年了。在这四十八年中，我们一起经过各种风风雨雨，是一言难尽。但张先生的学问和人品，无疑是我终生学习的榜样。

一

1956年秋，我回到北京大学，有幸听张先生的课，这就是说张先生是我的老师。张先生讲课非常认真，不仅简明精要，有条有理，而且他对所用材料的解释深刻而有启发性，当时与他同一教研室的同志都是这样认为的。但在那个年月，我们不可能认识张先生学问的博大精深，也不可能认识张先生为人的宽厚平正，因为我们都是处在被改造的大环境中。只是在这四十多年的时间过程中，我才一点一点认识了张先生，才体会到他身上所具有的"自强不息""厚德载物"的精神。张先生尝解释"天行健，君子以自强不息"说，宇宙是一刚健的大化之流行，因此一个学者应该一生自强不息。张先生说："《象传》说：'天行健，君子以自强不息。'天体运行，永无已时，故称为健。健含有主动性、能动性以及刚强不屈之义。君子法天，故应自强不息。"[1]这样就把"天"和"人"在"自强不息"上统一起来，使人生有了一个极高的生活方向。冯友兰先生尝用孔子的一句话"刚毅木讷近仁"来说张先生的为人。我认为这话非常恰当，张先生确实是一位有自己坚定信念而忠厚的"仁者"。他一生不追求名利，生活朴素，衣着简单，而把道德学问作为人生第一要务。与张先生接触过的人，无不感受到他平易近人，没有任何架子，和他讨论问题，他话不多，循循善诱，引导你自己去思考。张先生是位"仁者"，如大地一样承载着万物，真是"厚德载物"了。张岱年先生不仅是一位杰出的中国哲学史家，而且

---

[1] 《论中国文化的基本精神》，载于《张岱年全集》第五卷。

是一位颇有创造性的哲学家。这里我想通过《中国哲学大纲》来介绍他学问的博大精深。

我读张先生的第一本书是《中国哲学大纲》，它深深地吸引了我。这本书和胡适的《中国哲学史大纲》、冯友兰的《中国哲学史》不同，它是以问题为纲要把中国哲学的方方面面都清清楚楚地展现在读者面前，这样使得读者能对中国哲学的内容及其特点有一个全面的把握。这部书是张先生二十世纪三十年代写成的，到五十年代才正式出版。但我们读它没有一点过时的感觉，甚至到今天，我们还找不到任何一本书可以代替这部《中国哲学大纲》。每当学生问我，学习中国哲学看什么书时，我定会首先介绍张先生这本书。

张先生的《中国哲学大纲》前有"序论"，总论中国哲学，其后三大部分为宇宙论、人生论、致知论。宇宙论分为两篇：本根论和大化论；人生论分为四篇：天人关系论、人性论、人生理想论、人生问题论；致知论分为两篇：知论与方法论；最后有一"结论"：中国哲学中之活的与死的。张先生这本书的框架可以说完整地反映了中国哲学的全貌。关于这部书，我觉得处处可以感到张先生力图抓住中国哲学的特点来写作。他在开头的"序论"中把中国哲学的特色分为六点，认为前三点：合知行、一天人、同真善最为重要。同样在《中国哲学中之活的与死的》中,张先生更明确地指出:"中国哲学中向无现代英国哲学家怀特海所破斥的'自然之两分'。中国哲学中的宇宙论,未尝分别实在与现象为二事,未尝认为实在实而不现,现象现而不实。而认为现即实,实存于现……'自然之两分'是印度及西洋哲学中一些派别之大蔽,而为中国哲学所罕有的。"

在《天人合一》一章中,张先生说:"关于人与宇宙的关系,中国哲学中有一特异的学说,即天人合一论。"在《认识·实在·理想》一文中,张先生明确地说:"哲学是天人之学——关于宇宙人生的究竟原理与最高思想之学。"钱穆先生在《中国文化特质》中说:"中国文化特质,可以'一天人,合内外'六字尽之。"[1]如果我们把两位先生的看法综合起来,也许可以说中国哲学最基本的特点是"一天人",而"合知行""同真善"与"合内外"(就"内"为"人",而"外"为"天",则亦可谓"合内外"即"一天人";但"合内外"亦可谓"合身心内外",则"心"为"内"而"身"为"外"矣)是由"一天人"派生的。

---

1 《中国文化与中国哲学》1987年卷,深圳大学国学研究所编。

罗素的《西方哲学史》中说:"笛卡尔的哲学……它完成了或者说极近乎完成了由柏拉图开端而主要因为宗教上的理由经基督教哲学发展起来的精神、物质二元论……笛卡尔体系提出来精神界和物质界两个平行而彼此独立的世界,研究其中之一能够不牵涉另一个。"这就是说,西方哲学曾长期认为,精神与物质是各自独立的,是互不相干的。而中国哲学与西方哲学之根本不同,它是以"天人合一"立论的。

自古以来,中国哲人都以讨论"天人关系"为己任,例如司马迁说他的《史记》是一部"究天人之际"的书,扬雄说:"圣人……合同天人之际,使之无间也。"(《法言·问神》)宋朝哲学家邵雍说:"学不际天人,不足以谓之学。"(《皇极经世·观物外篇》)程颐进一步说:"安有知人道而不知天道者乎?道,一也。岂人道自是一道,天道自是一道?"(《遗书》卷十八)朱熹说得更明白:"天即人,人即天。人之始生,得之于天也;既生此人,则天又有人矣。""天"离不开"人","人"也离不开"天",盖因人之始生得之于天,既生此人,则"天"又全由"人"来彰显。所以"天""人"一体。张先生早在二十世纪三十年代就把"一天人"作为中国哲学异于印度和西方哲学的特征,可谓有着极为敏锐的眼光。把握不同民族哲学的共同点固然很重要,但提示不同民族哲学之相异处或更为重要。这是因为，了解一民族之哲学的特点，就可以自觉地发挥其自身哲学之特长，又可以吸收其他民族哲学之优长，以克服自身哲学之短。

张先生的《中国哲学大纲》中有两章专门讨论"气"的问题，他认为"气"是中国哲学最根本的概念之一，以"气"为根本的学说就是中国哲学中的唯物论，如他在"序论"中说："张载的学说最为宏伟渊博，他以气及太虚说明宇宙。宇宙万有皆气所成，而气之原始是太虚。气即是最细微最流动的物质，太虚便是时空，以气与太虚解说宇宙，实可谓一种唯物论。"照张先生看："张子的宇宙根本论，实可谓宏大而丰富。其最主要之义，在于以一切形质之本始材朴之气，解释一切，认为宇宙乃一气之变化历程；以为空若无物之太虚，并非纯然无物，而乃气散而未聚之原始状态，实乃气之本然；气涵有内在的对立，是气之能动的本性，由之发生变化屈伸。一切变化，乃缘于气所固有之能变之性。"这里我们可以看出张先生对张载的"气论"分析之精。

基于此，张先生指出学者一般认为宋明有"理学"与"心学"两派，但实际还有"气学"一派，这就是自张载到王夫之的唯物论哲学。从《中国哲学大纲》看，这一派可上溯到先秦，而经两汉又有所发展，到宋明而至高峰。这点他在《中国哲学大纲》的

《新序》中做了说明。张先生不仅揭示中国哲学史中的重要一派,"气论"唯物论派。而且他自己也认同他是这一派的继承者,例如他尝引用张载的"为天地立心",并解释说:"天地本来无心,人对天地的认识就是天地的自我认识,天地在人身上达到了自我认识。"(《张岱年全集》第三卷)这样的解释表现了他的唯物论立场是一贯的。

我读张先生的《中国哲学大纲》的第三点体会是,他十分注重对中国哲学概念的分析,例如他对张载哲学的分析,他说:"张子的宇宙本根论中,最根本的观念有四,即气、太和、太虚、性。太和即阴阳会冲未分之气。太虚即气散而未聚无形可见之原始状态。性即气所固有之能动之本性。此外,次根本的观念又有四,即道、天、易、理。道即气化历程。张子所谓道,与老子所谓道意义不同,老子所谓道,指究竟所以或究竟规律;张子所谓道,则指存在历程或变化历程。天即太虚之别名,易即道之别名,气之变化屈伸,有其规律,是谓理。张子所讲之根本观念虽不一,实皆统于气。故张子之说可谓为气论。"如此对概念的分析,在中国哲学史研究中是很少见的。这里张先生不仅清楚明白地界说了每个概念,而且也把各种概念之间的关系说清楚了。

中国哲学向来不注重概念分析,正如张先生在《哲学上一个可能的综合》中指出:"解析似不为中国哲学所注重,中国哲学在此方面可以说颇缺乏。但正因为中国哲学缺乏此方面,现在乃更应注重。"(《张岱年全集》第一卷)例如"天"有种种含义,但不同哲学家使用"天"这一概念究竟是何意往往不清,甚至同一哲学家使用"天"这一概念就有多种含义。厘清这些概念含义并不容易,需要有很好的分析哲学的素养。把中国哲学中的众多概念分析清楚,这正是我们研究中国哲学的重要任务之一。在这方面,张先生在二十世纪三十年代就自觉地做了大量有意义的工作。他在《逻辑解析》一文中说:"逻辑解析可以说是二十世纪初以来在哲学中最占优势的方法,也是最有成效的方法。逻辑解析对于哲学实可以说有根本的重要。如欲使哲学有真实的进步,更不能不用解析。"综观二十世纪的中国哲学,可以说能利用解析的方法对中国哲学的概念、命题和理论进行研究的哲学家都取得了可观的成就,张岱年先生就是其中之一。

张岱年先生是二十世纪中国杰出的哲学家和中国哲学史家,他的研究已成为一种范式载入二十世纪的中国学术史中。现在张先生离开了我们,我想对他最好的纪念就是沿着他开辟的研究道路继续前进,继承他严谨、求实、创新的学风,为中华民族的伟大文化复兴贡献力量。

二

记得在1994年,山东大学周易研究中心刘大钧教授为张先生祝贺八十五岁华诞时,作为中心的名誉主任的岱年先生在会上说:"《周易》是中华民族的宝贵财富,是中华文化的源头,我们必须很好地继承和发扬其精神。"推崇《周易》是张先生一贯的思想。我们阅读《张岱年全集》可以看到,他在许多论著中都谈到了《周易》。以《周易》(或"易学",或《易传》)为题的论文有《〈周易〉经传的历史地位》《〈周易〉与传统文化》《"易学"与中华文明》《〈易传〉的生生学说》等。张先生为他人写的有关《周易》的序有:刘大钧《周易概论序》、欧阳维诚《周易新解序》、巴蜀书社编印的《周易基本丛书序》、徐道一《周易与自然科学序》以及《周易与现代自然科学论文集序》等,这些论文和序大都写于二十世纪八九十年代,然而在三十年代张先生就对《周易》特别重视了。

他在《中国思想源流》(1934年文)中说:"《易传》也是发挥宏毅哲学的,'天行健,君子以自强不息','乾始能以美利利天下,不言所利,大矣哉!大哉乾乎,刚健中正!'刚健中正四字表现出了中国固有精神之精髓。"(《张岱年全集》第一卷)在后来的《论中国文化的基本精神》（1982年文）中《刚健有为》一节中进一步说："《周易大传》提出'刚健'的学说。《彖传》说：'需，须也，险在前也，刚健而不陷，其义不困穷矣。'又云：'大有，其德刚健而文明，应乎天而时行。'又云：'大畜，刚健笃实辉光，日新其德。'这都是赞扬'刚健'的品德。《说卦》云：'乾，健也；坤，顺也。'健是阳气的本性，顺是阴气的本性。在二者之中，阳健居于主导地位……《周易大传》强调'刚健'，主张'自强不息'，这是有深刻意义的精粹思想。"（《张岱年全集》第五卷）宇宙有着不停息发展的动力，这种动力是"刚健中正"的，因其"刚健"，而能"笃实辉光，日新其德"；因其"中正"，故能"以美利利天下"。而君子法天，以"自强不息"而"日新其德"，得以勇往直前，而德合天地；遇到难，也可因其"刚健"而不至于沦沉困穷。盖因"其德刚健而文明，应乎天而时行"也。所以张先生认为"刚健中正"四字表现"中国固有精神之精髓"。而在张先生身上正体现着"刚健中正"的中华文化之精神。

为什么可以说《周易》的"刚健中正"是中国固有文化之精髓呢？这是因为张先生认为它体现了一种宇宙观。他在《哲学上一个可能的综合》中《宇宙论》一节中说："宇宙为一大历程，为一生生日新之大流，此大历程，亦可用中国古名词，谓之曰'易'。在此历程中，一切皆流转，皆迁变，然变有骤渐。暂现而既逝，逝逝无已者为事。较事常住者为物，凡物皆一变展生灭之历程。"(《张岱年全集》第一卷)张先生认为，宇宙就是我们的世界，他说："中国哲学中的宇宙论，未尝分别实在与现象为二事，未尝认为实在实而不现，现象现而不实。而认为现即实，实存于现……'自然之两分'是印度及西洋哲学中一些派别之大蔽，而为中国哲学所罕有的。"(《张岱年全集》第二卷)因为宇宙为一大历程，所以照中国哲学的宇宙观看宇宙是一运动生生不息的有机体，而这运动生生不息有机体就是世界上的事事物物，所以"实在与现象"不得为二事。"易"正是这宇宙运动生生不息的本性，也是事事物物存在的本质。宇宙的运动生生不息必是"刚健中正"的，否则宇宙将为死寂的，事物何以得生？张先生坚持"实在与现象"的统一，正是从《周易》中了解到宇宙之本体与世界的万事万物之本质不是两回事，只有在事事物物的现象中才可把握宇宙是一生生的"日新大流"。张先生在《〈易传〉的生生学说》中说："'生生'即生而又生，亦即日新，这就是'易'即变化的内容。天地生成万物，万物都是天地生成的，故'生'是天地的根本性德。这些命题的基本含义是肯定世界是一个生生日新的变化过程。"(《张岱年全集》第七卷)这正是张先生对"生生之谓易"的解释。

《周易》所讲的就是宇宙的变化过程，而这一过程的内容就是"生生不息"，如果宇宙不是生生不息，那么天地万物如何生成，如何延续？所以"易"作为一种宇宙观其意义之宏大深远是无与伦比的。所以张先生在《中国唯物主义思想简史》（写于1956年）中说："《易传》肯定了世界的丰富性和变化的无穷无尽。……世界包罗万象，……时时有新的物体生成，生而又生，生生不已，这就是易，就是变化。《易传》以'生生'来说明变化。就是肯定：万物是层出不穷、相续不绝的，变化是无穷无尽的。"（《张岱年全集》第四卷）我们可以说《周易》是中国哲学的源头，它昭示人们一种刚健、生生不息的宇宙观，并且把这种宇宙观落实到人类社会生活的层面，使人们有着进取的、不断创新的、刚毅宏正的人生观。所以张岱年先生说："《周易》是一部在中国文化史上具有深远影响的重要典籍。《周易》为汉、唐、宋、明的文化学术发展提供了重要的思想源泉，直至今日，仍能给我们以深刻的启迪。""应该承认，《周易》经传在历史上对于文化学术的发展曾经起了非常重要的积极作用，而且在今后仍能发人神智，仍然具有充沛的生命力。"（《〈周易〉与传统文化》，《张岱年全集》第七卷）

1934年在《中国思想源流》中,张岱年先生提出中国哲学发展的一构想,他认为:"中国思想之发展,简括论之,也可说只三大段,原始是宏毅、刚动的思想,其次是柔静的思想,最后否定之否定,又必是宏毅、刚动的思想。""中国要再度发挥其宏大、刚毅的创造力量。"(《张岱年全集》第一卷)当今,中华民族正处在伟大民族复兴的前夜,展望二十一世纪,中国哲学必须在"反本开新"上,形成有中国特色的新哲学体系,取得辉煌的成就。"反本"必须对我们哲学源头《周易》有深刻的把握。我们对自己哲学的来源深入了解,才会有面对新世纪的强大生命力。"开新",一方面必须对周易哲学做出合乎时代的新解释,另一方面又要利用周易哲学的资源来对当今人类社会面临的重大问题创造出新的理论。"反本"和"开新"是不能分割的,只有深入发掘传统哲学的真精神,我们才能适时地开拓出哲学发展的新局面;只有敢于面对当前人类社会存在的新问题,并给予新的解释,才可以使传统哲学真精神得以发扬和更新,使中国哲学在二十一世纪的"反本开新"中重新燃起火焰,以贡献于人类社会。

对费孝通先生"文化自觉"的理解

我们敬爱的费孝通先生于2005年4月24日逝世了,回想起近几年来,我几次去他家拜访的情景,仍然历历在目。我们主要谈的是"文化问题",特别是费老再三谈到"文化自觉",让我印象深刻。当然,我也看到他写的多篇关于这个问题的文章或谈话记录。费老提出"文化自觉"应说是对当前"文化问题"的研究有着非常重要的指导意义,它给我们提出了当前研究文化问题的方向。

费老说:"文化自觉只是指生活在一定文化中的人对其文化有'自知之明',明白它的来历、形成过程、所具有的特色和它发展的趋向,不带任何'文化回归'的意思,不是要'复旧',同时也不是主张'全盘西化'或'全盘他化'。自知之明是为了加强对文化转型的自主能力,取得决定适应新环境、新时代对文化选择的自主地位。文化自觉是一个艰巨的过程,首先要认识自己的文化，理解所接触的多种文化，才有条件在这个正在形成的多元文化的世界里确立自己的位置。经过自主的适应，和其他文化一起，取长补短，共同建立一个有共同认可的基本秩序和一套与各种文化能和平共处、各抒所长、联手发展的共处守则。"[1]

费老这段话是站在当前世界人类文明发展大格局背景下提出来的。我们知道，当前人类社会正处在一个文化的转型时期。虽然在"冷战"结束之后，大规模的全球战争发生的可能性减小了，但是各种局部战争却不断发生，其原因虽然最主要是由政治、经济引起的，但是也不能不说，文化是引起不同国家与民族冲突的一个重要原因。当前的伊拉克战争无疑是与争夺石油和其战略地位有关；巴以冲突，谁都知道是与美国有着密切的联系；科索沃的冲突则更是与过去两大阵营的地缘政治有关，其后又是北约企图全面控制该地区的战略地位的重要步骤。但是我们也应看到，这些地区的冲突与战争不能说与文化（如宗教、民族、语言、价值观）没有关系。由于历史的原因早已形成了各国、各民族的不同文化传统，这是谁也无法否定的。

---

[1] 《人文价值再思考》，选自《费孝通论文化与文化自觉》。

因此，费老指出，当前人类社会正在（或者应该）形成文化多元共存的趋向。我们知道，雅斯贝尔斯曾提出了"轴心时代"的观念。他认为，公元前五世纪前后在古希腊、以色列、中国、印度等地几乎同时出现了伟大的思想家，"轴心时代"的文化传统经过两千多年的发展，已经成为人类文化的共同财富，人类一直靠"轴心时代"所产生的思考和创造而生存，而人类的每一次新的飞跃无不通过对轴心期的回顾而实现，并被它重新点燃。在踏入新千年之际，世界思想界已出现对于"新轴心时代"的呼唤。我们可以看到，自第二次世界大战结束之后，由于西方殖民体系的瓦解，原来的殖民地国家和受压迫民族有一个迫切的任务，就是从各方面确认自己的独立身份，而民族文化（语言、宗教、价值观等）正是确认其独立身份的重要支柱。就当前世界现实存在的形势，在二十一世纪或许将由四种大的文化系统来主导，即欧美文化、东亚文化、南亚文化、中东北非文化（伊斯兰文化），这四种大的文化系统不仅有着很长的历史文化传统，而且每种文化所影响的人口都在十亿以上。当然，南美文化和非洲文化同样也会起着相当重要的作用。当前人类社会希望走出纷争的局面，必须推动各种不同文化之间的对话与沟通，使每种文化都能自觉地参与解决人类社会面临的重大问题。因此，费老呼吁人类（包括学术人）应当"从相互交往中获得对自己和'异己'

的认识,创造文化上的兼容并蓄,和平共处"的局面。[1]

  在上面引用的费老的一段话中,他特别提出文化的"自主能力""自主地位""自主的适应""确立自己的地位"等。也就是说,他深刻地认识到一个民族、一个国家要自立、自强,能对人类社会做出贡献,必须有文化上的主体性。所以我认为,费老所提出的"文化自觉"包含着确立中华民族文化主体性的深刻意义。中华民族有着长达五千年以上的历史文化传统,这一历史文化传统包括古代的、近代的和现代的(五四运动以来的)中国文化,其中有经验,也有教训,但它们都是中华民族的宝贵财富。对任何一个国家民族来说,特别是对有较长历史文化传统而对当今人类社会有着重大影响的民族和国家来说,它的文化传统是已成的事实,是无法割断的,因为其文化传统已深入到这个民族和国家的千百万人民的心中,溶于其血脉里,是这个民族和国家的生存发展的"根"和精神支柱。费老说:"我常讲中国人是一个上有祖宗、下有子孙的社会,个人生命只是长江中的一滴水,一个人的生命总是要结束的,但有一个不死的东西,那就是人们共同创造的人

---

[1] 《人文价值再思考》,选自《费孝通论文化与文化自觉》。

文世界，而且这个人文世界是不断发展的。"[1]

照我看，费老讲的"文化自觉"所强调的是我们对自己的文化应有"自知之明"，它"不带任何'文化回归'的意思，不是要'复旧'，同时也不主张'全盘西化'或'全盘他化'"。任何文化传统由于历史的、地理的甚至是偶然的原因形成了它的文化特点，这种传统而巨大的精神力量，既包含着这种文化的优长，也会包含着这种文化的缺陷，所以任何国家和民族的文化要发展都必须在与其他文化交流中取长补短。罗素曾经说："不同文化之间的交流过去已经多次证明是人类文明发展的里程碑。"从中国历史上看，自公元一世纪印度佛教文化传入中国，曾对我国的哲学、宗教、文学、艺术、建筑等，甚至民间风习都有着重大影响。近世以来西方文化的传入，虽然与列强的政治、经济的入侵有关，但中西文化的交流以及我们向西方学习无疑也大大地推进了我国文化的发展。所以费老说，"我们不但不排斥，而且要吸收西方文化中好的东西，正如前面提到五四时期提倡的科学、实事求是精神，反对空谈"，以及"五四运动预

---

[1]《完成"文化自觉"使命 创造现代中华文化》，选自《费孝通论文化与文化自觉》。

示的独立、自由、平等、民主、科学精神"。[1]

一百多年来,中国文化在与西方文化的交流中,一直存在所谓"中西古今"之争。有些人提倡"复旧"的所谓"本位文化",又有些人提倡"崇洋"的"全盘西化";或者有的人说"凡古皆好",又有些人说"唯'新'最佳"。看来我们现在应该走出"中西古今"之争,而开创会通"中西古今"之学的新时代了。我们从费老的几篇论文谈话中处处都可以感受到,他把不同文化之间的相互吸收和借鉴看作促进本土文化发展的重要动力。因此,费老对当前存在的两种"文化观":文化的霸权主义和文化的部落主义,采取了严肃的批判态度。费老说:"在殖民主义情况下进行的文化接触,里边是霸权主义的做法,结果是破坏文化。霸权搞不得,不能再走这条路。文化接触要得到一个积极性的结果,必须在平等的基础上进行。平等相处,相互理解,取长补短,最后走向相互融合。"[2]

但他又说:"对于第三世界的人类学者来说,批判西方文化的支配作用固然重要,但是,从一种文化偏见

---

[1] 《完成"文化自觉"使命 创造现代中华文化》,选自《费孝通论文化与文化自觉》。
[2] 《中国文化与新世纪的社会学人类学》,选自《费孝通论文化与文化自觉》。

落入另一种偏见的可能性也是存在的。""当这种态度发展到排斥外来文化的地步，成为与西方中心主义相对的民族中心主义，那就可能忽略世界文化关系中'适者生存'的无情现实。"[1] 从当前世界的形势看，不正是文化上的霸权主义（西方中心主义）和文化上的部落主义（民族中心主义）对人类文化的合理和健康发展有着最大的危害吗？

从费老的"文化自觉"理论中，我们可以深深感受到他对自己民族文化发展前景所寄予的深情。费老有一段话使我很感动，他说：

> 我们可以看到，中华文化对待其他文化、其他民族的态度也有她的特点。中华文化自古以来就讲王道而远霸道，主张以理服人，反对以力服人。"以力服人者霸，以德服人者王。"以德服人就是用仁爱之心来处理自己与别人的关系。心中有我，也有别人。《论语》从古流传到今，仍然被大家自觉地尊为圣贤之书，说明大家衷心赞同孔子提出的正确处理人与人之间关系的主张，说明这些主张在今天的社

---

[1] 《人文价值再思考》，选自《费孝通论文化与文化自觉》。

会里还可以发挥积极作用。[1]

我们把孔子的学说叫作"仁学",对此,有一段话很重要。他说:"克己复礼为仁,一日克己复礼,天下归仁焉。"所谓"克己复礼"是说,只有在"克己"基础上的"复礼"才叫作"仁"。费老对此解释说:"克己才能复礼,复礼是取得进入社会、成为一个社会人的必要条件。扬己和克己也许正是东西文化差别的一个关键。"[2]我认为这是对"克己复礼"很好的解释,而且指出了东西文化(价值观)的一个重要的不同。在《论语》中没有出现"仁政"这两个字,但也可以说孔子处处在讲"仁政"。如他说的"导之以德""泛爱众""举贤才""来远人""博施于民,而能济众"都是讲的"仁政"。孟子提出"仁政",其意义很广泛,但有一点也许最根本,这就是孟子说的要使民有恒产。他说:"有恒产者有恒心,无恒产者无恒心。"在与李亦园教授的对话中,费老说了一段话:"我有一次和胡耀邦在一起谈话,他表现出一种重视家庭的思想,把家庭看成是社会的细

---

[1] 《中华文化在新世纪面临的挑战》,选自《费孝通论文化与文化自觉》。
[2] 《中国文化与新世纪的社会学人类学》,选自《费孝通论文化与文化自觉》。

胞,他的这个思想是从实际里边出来的。我是赞同注重家庭的重要作用的,这个细胞有很强的生命力。我们的农业生产在人民公社之后回到家庭,包产到户,实行家庭联产承包责任制,生产力一下子就解放出来了。"这不正是孟子的"有恒产者有恒心"的道理吗?所以他说:"我是自觉地把自己放到农民里面去的。"费老的思想深深地植根在中国社会、中国文化之中。费老一辈子深入中国社会做调查,他是真正了解中国民情的。

费老说:"看陈寅恪写的书,我感到了两个字:归属。文化人要找的安身立命的地方,就是在找归属。"[1]我们的安身立命处归属于哪里?只能归属于中国社会、中国文化。费老对中国社会、中国文化的洞察是很深刻的,但是他很谦虚地说:"当然我们现在对中国文化这个本质还不能从理论上说得很清楚,但是它确实是从中国人历来讲究的'正心、诚意、修身、齐家、治国、平天下'里边出来的。这里边一层一层都是几千年积聚下来的东西。"[2]我们的国家民族有几千年的历史文化,它是我们中华民族极为宝贵的精神财富。

《诗经·大雅·文王》中有两句话:"周虽旧邦,其

---

1 《中国文化与新世纪的社会学人类学》,选自《费孝通论文化与文化自觉》。
2 同上。

命维新。"一个古老的国家民族应该维护好自己历史文化的根基，如费老所说："我们要保住根。"[1]同时也得时时不忘创新。展望二十一世纪，中国文化必将在"反本开新"上，创造适应现代人类社会生活的新文化。"反本"必须对我们的文化源头有深刻的把握，认识其真精神之所在。"开新"，一方面要对我们的传统文化做出合乎时代的解释；另一方面要吸收其他文化的优长。"反本"和"开新"是不能分割的。费老在《反思·对话·文化自觉》中最后说："七年前我在八十岁生日那天，在东京和老朋友的欢聚会上，曾瞻望人类学的前途，说了下面这一句话：'各美其美，美人之美，美美与共，天下大同。'这句话我想也就是对我今天提出的文化自觉历程的概括。"

我对费老的四句话的理解：第一句话"各美其美"是说，每个民族应对自己的文化有个全面的认识，了解自己文化的价值，因为它是我们赖以生存和发展的根基。第二句话"美人之美"是说，其他民族的文化都有其对全人类文化做出贡献的资源，我们应该认真地学习各民族文化的长处，以补我们文化中之不足。第三句话"美美与共"是说，应该使各民族文化的优长汇合起来，使之成为全人类的共同

---

[1] 《中国文化与新世纪的社会学人类学》，选自《费孝通论文化与文化自觉》。

财富，并能让各民族优秀文化的特点以"和而不同"的原则为指导，得以保存和充分发扬，使我们的世界成为丰富多彩的文化场景。第四句话"天下大同"是说，只有在"美美与共"的基础上，人类社会才能实现"天下大同"的理想。因为"天下大同"是人类社会共同企望的终极目标，是中外圣贤共同向往的神圣的多元一体的理想世界。

费老这四句话是一个关于"文化自觉"的完整的论述，我们不必改动它，也不能改动它。如果把最后一句"天下大同"改掉了，那人类社会将没有一个追求的终极目标，这就不好了。"和而不同"对于消除因文化的不同而可能引起的矛盾和冲突，并且能在相互尊重对方的基础上和谐相处，有着十分重要的意义。它无疑是实现"天下大同"这一人类社会崇高目标的一项原则。同时，我们也必须注意到，不同民族的文化虽有差异，但是各个民族中也存在许多相同的文化理念（如价值观），这些共同的文化理念同样是人类社会的宝贵精神财富。因此，我们也需要十分注意培养和发展不同民族文化中所存在的共同文化理念，这应是毫无问题的。费老是站在我们中华民族复兴的根基上，放眼当今人类社会发展的前景，提出来这一完整的"文化自觉"理论，这将对我们研究"文化问题"有着无比深远的意义。我想，对费老的怀念，最好就是要认真学习和阐发他的思想，让中华文化再创辉煌。

冯友兰先生《新原人》的"四种境界说"

冯友兰在他的《新原人》中把人的境界分为四种，即自然境界、功利境界、道德境界和天地境界。我们可以说，人之忧的不同往往和他的境界的不同相关联。冯友兰说："自然境界的特征是：在此境界中的人，其行为是顺才或顺习的。"我看，此境界的人处于一种顺其本能的状态，所追求的是"食"与"色"，"食色，性也。"（《孟子·告子上》）如果这种原始人得到"食色"的满足，他们就可以"含哺而熙，鼓腹而游"（《庄子·马蹄》）；如果得不到"食色"的满足则不乐而忧。自然境界的人，其行为是顺本能的，是不自觉的，如《庄子·马蹄》中所说："其行填填，其视颠颠。"（他的行为笨拙，心智迟钝。）"功利境界的特征：在此境界中的人,其行为是所谓'为利',是为他自己的利。"例如,追求金钱、权力,计较个人的得失、利害等,这是大多数人所追求的,"天下熙熙皆为利来,天下攘攘皆为利往""求名于朝,求利于市",为了追求个人的利益,他可以是"宁可我负天下人,不愿天下人负我"。这种人是有自觉的,他们的行为是有个人某种目的的。这种人如果得不到他们所追求的个人利益而"忧心忡忡",这也是一种"忧"。上面所说的两种"忧"不是我们要讨论的,我们要讨论的是"道德境界"和"天地境界"中的人的"忧"。

冯友兰说:"道德境界的特征是:在此种境界中的人,其行为是'行义'的,义与利是相反亦是相成的。求自己的利的行为,是为利的行为;求社会的利的行为,是行义的行为。"在中国哲学中常有"义利之辨"的问题,孔子说:"君子喻于义,小人喻于利。"(《论语·里仁》)孟子说:"生亦我所欲也,义亦我所欲也。二者不可得兼,舍生而取义者也。"(《孟子·告子上》)董仲舒对此概括为:"正其谊而不谋其利,明其道而不计其功。"谊者,合谊,合乎道义也;道者,合理,合乎原则也。可见儒家追求的是一种道义、原则和理想,而且他们要求把他们的理想实现于现实之中。孔子追求的是"天下有道"的社会,孟子追求的是"得仁政"的社会，所以他们的行为不是为"私利"，而是为"公义"。而且孔子认为他自己是可以为社会理想牺牲生命的人，他说："志士仁人，无求生以害仁，有杀身以成仁。"如果他们的社会理想没有实现的可能性，那么他们或者是隐退而不出，"道不行，乘桴浮于海"（《论语·公冶长》）；或者是"知其不可而为之"，尽伦尽职。

孔、孟都是理想主义者，他们所追求的理想是不可能实现的。所以他们有"忧"，这是对天下国家的"忧患意识"。"忧患"作为一种心理状态，早见于《诗经》，如："未见君子，忧心忡忡。"（《国风·召南·草虫》）"知我者谓我心忧，不知我者谓我何求。"（《国风·王风·黍离》）这里的"忧心"和"心忧"都是一种对天下国家的"忧患意识"。《孟子·告子下》："生于忧患，死于安乐。"《易·系辞下》："作《易》者，其有忧患乎！"其后中国具有儒家思想的知识分子往往都以天下国家为己任，而有"先天下之忧而忧，后天下之乐而乐"的"忧患意识"。这种具有忧患意识的人大都可以说是在道德境界中的人，处于道德境界的人能否从他们的"忧患"中解脱出来呢？

冯友兰说："天地境界的特征是：在此种境界中的人，其行为是'事天'的。在此境界中的人，了解于社会的全之外，还有宇宙之全，人必于知宇宙之全时，始能使其所得于人之所以为人者尽量发挥,始能尽性。"我认为"尽性"两字很重要。人如何才能"尽性"?这不但要超越世俗的一切限制,而且要超越"自我"的一切限制。要超越世俗和"自我",就是庄子所说的要达到"坐忘"才有可能。"坐忘"正是要"无我"而存"真我"。在《庄子》书中处处流露出他对失去"真我"的忧虑。照庄子看,人之所以失去其"真性"全在于不能"返璞归真",去追求那些外在于人的东西而失去"自然之性"。《庄子·渔父》中说:"真者所以受之于天也,自然不可易也。故圣人法天贵真,不拘于俗,愚者反此。"圣人能效法天然,珍重"真性"。人如果要保持其自然之真性,就必须超越是非、善恶、美丑、生死等对立。然而人往往不能超越这些对立而陷入忧虑之中。如《养生主》中说:"吾生也有涯,而知也无涯,以有涯随无涯,殆已。已而为知者,殆而已矣。"在《齐物论》中,庄子认为由于立场的不同,因而对是非的看法也就不同,像儒、墨两家争个高下是完全没有必要的。《德充符》中讨论到生死问题,老子批评孔子,说孔子不了解生死是一致的,应该解除孔子被生死观念的束缚。庄子之所以有这样一些看法,正是由于他对宇宙人生所抱有的深刻的忧虑。他认为,像世俗人那样把是非、善恶、美丑、生死等看成是对立的,而这些问题在现实社会中无法解决,只能陷入忧虑之中。只有超越这些对立,自己解除这些世俗观念的束缚,超越"自我",达到"无我"的境界,才可以获得精神上的自由,而可返璞归真。我们可以从《庄子》书中对"真人"的描述,来看庄子所追求的理想境界。《大宗师》中说:"古之真人,不知说生,不知恶死,其出不䜣,其入不距;翛然而往,翛然而来而已矣。不忘其所始,不求其所终;受而喜之,忘而复之,是之谓不以心捐道,不以人助天,是之谓真人。"所谓"真人"就是能自觉地超越对待,顺应自然的人。因此"真人"和不自觉的原始的自然人在形式上相似而在境界上完全不同。真人"不以好恶内伤其身,常因自然而不益生也",这样"无我"而存真正的"自我";"自我"才不至于异化,精神才能得到真正的自由,从而"忧虑"自除,"至乐"自生,而达到与天同德的天地境界。

附录一
文章出处

本书共收录31篇文章,分为四辑,辑一包含7篇文章;辑二包含9篇文章;辑三包含8篇文章;辑四包含7篇文章。

其中《读祖父雨三公文》《我的父亲汤用彤》《寻找溪水的源头》《念天地之悠悠》《为自己找个安身立命之处》《涵养须用敬,进学在致知》《"真人"废名》和《冯友兰先生〈新原人〉的"四种境界说"》8篇文章分别参考海天出版社《寻找溪水的源头》2016年9月版,第002—008页、第009—016页、第050—053页、第149—152页、第168—170页、第171—172页、第174—178页、第183—186页。

《到云南与父亲团聚》《记我的母亲》《我们家的儒道互补》《人生要有大爱》《生活在非有非无之间》《"自由为体,民主为用"》《自由的层次》《小议"以德治国"》《中国知识分子的特点》和《生与死》10篇分别参考译林出版社《汤一介散文集》2015年10月版,第27—37页、第75—80页、第81—85页、第87—90页、第99—103页、第105—109页、第111—116页、第123—127页、第139—143页、第153—189页。

《我的中学时代》《北大四院的生活》2篇分别参考中国大百科全书出版社《我们三代人》2016年1月版，第204—207页、第230—234页。

《"会东西之学，成一家之言"》《"观乎人文，以化成天下"》《"文化热"与"国学热"》《禅师话禅宗》《孔子儒家思想》《对中国传统哲学的哲学思考》《悼念贺麟伯父》《读钱穆先生文》《悼念周一良先生》《怀念张岱年先生》和《对费孝通先生"文化自觉"的理解》11篇分别参考中国广播电视出版社《哲学与人生》2007年9月版，第15—17页、第22—25页、第26—29页、第35—39页、第74—83页、第84—96页、第137—139页、第140—144页、第145—147页、第148—154页、第155—160页。

附录二
推荐语

我们这一代人已支离破碎，失去根基，纷纷老于世故，在清澈的老一辈面前是有愧的。"汤乐三书"辑录了一个世纪的回忆片段，而作为读者，我们只有通过这些文字在自己身上复活这个似乎已成往事的漫长而复杂的世纪，与它一起呼吸，荣辱与共，才会理解，那种百折不挠的理想主义（或者说浪漫主义）能够与智慧、谦逊和宽容，如此奇迹般地、持久地结合在一起，是多么不易——更有经历的读者会在每一页文字后面读出"爱"。

——程巍

这里有隽永的文字，这里有热情而动人的沉思。

汤一介、乐黛云两位先生是大时代的儿女，他们穿越时代的狂飙巨浪，从大风大雨中走来，告诉我们：

有一种风骨，叫作不可转让的尊严；

有一种传承，叫作以对历史的信念去面向未来；

有一种英雄，叫作看透生活却依然热爱生活。

——陈越光

阅读这套文化学术随笔，对于什么叫作爱不释手更有了切身的体验！跨越两个世纪，一对中国优秀知识分子伉俪，以优美智慧的锦绣文字，把你带入百年风云变幻的大时代！他们的生活与情感、追求与理想、顽强与坚持，面对世事艰辛，笑看风云变幻，始终从容镇定的人生态度，都会在掩卷之余，久久存留于你的记忆之中。

——陈跃红

汤一介和乐黛云先生自喻为"未名湖畔两只小鸟"，他们乃中国文化和文明比较领域的卓然大家。他们的文章，充盈着对人类命运的关切、对文化价值的珍视，其理明、其思远、其情真、其词美。开卷可见哲思之流淌、掩卷可享博雅之沉淀。

——干春松

这一套小书包括他们丰富的人生阅历、深厚的思想追求和对前沿学术的探索，如此坦诚、细腻，沧桑而丰厚。

——贺桂梅

精选辑录的"汤乐三书"，在各自讲述自己家庭和生活道路之后，一起开讲中国哲学和比较文学精义的"国文课"。由于他们的研究在学术界的影响力、回忆的前辈、师友多是现代中国知名学者和文化人士，而几十年的遭际也紧密连结着当代诸多政治和文化事件，这些叙述能让我们窥见时代风云的驳杂光影。但是它们更重要的价值是在人格性情上的启示。一个冷静温和谨慎，一个浪漫热情勇敢，却"儒道互补"般相濡以沫几十年，在患难中扶持并携手同行;"去看那看不见的事物,去听那听不见的声音,把灵魂呈现给不存在的东西吧"的进取;知与行、真与善、为学与为道统一的人格追求;绝不趋势附炎、"事不避难,义不逃责,素位而行"的承担和操守……由于生命真诚、执着的投入,他们所期望的和而不同、通过对话构建多元文化共存格局的人类理想,也因此变得可信、似乎也可行起来了。

——洪子诚

他们从沙滩红楼到未名湖畔,数十春秋,命里注定比翼而飞。

他们在修德讲学中,事不避难,义不逃责;亦浪漫、亦幻灭、亦追求;迷失自我,又找回自我。生命的花火由此而绽放出绚丽的光辉。

他们以自由、独立的精神,以海纳百川的胸襟,究天人之际,通古今之变,会东西之学,在全球化视野下反本开新,在各自学术领域树立起灿烂的丰碑。

他们用语言,把无数的心灵照亮。

——王达敏

当真正的理性熔铸为恒久的浪漫,平凡的书斋生活就成了岁月的传奇。这里呈献给读者的三本书,是汤一介先生、乐黛云先生的散文精粹和思想短论。时代巨变下的感受、思考,峰巅谷底间的记忆点滴,文字平实,思想深刻,既是文学精品,也是学术华章。勇敢、真诚的生活留下的印迹,将成为未名湖畔的经久传说。

——杨立华

饱经世事沧桑，体会人间百味，而依然纯粹如精金、温润似良玉的人，才能写出如此自然通透的文字。而文字的境界，或许还在其次。更重要的是，这些用热血、生命和智慧写成的篇章，会让我们更能理解什么才是真正的读书人，什么才是最美好的爱情，什么才是最值得过的人生。

——张辉

总以为汤乐二师的特点是"儒道互补"，然感谢时代华文让我们可以对读两位先生，方才体认到，无论是"天人合一"的存在关怀，"熔铸古今""兼通中外"的全球视野，文史哲融汇的阅读与思辨经验，还是"留下无痕迹的痕迹""追求非有非无之间"的生命感悟，都诉说着二位先生的"同"而非"异"：对生活、他人、自我以及学术的真诚。

——张锦